彷彿在君父的城邦

楊 澤

瑪麗安，我的樹洞傳奇

——二〇一六年新版序

／楊澤

a.

想像，如果你不反對，一個來自南方小鎮的年輕人，剛過了懂得慕青春少艾的年齡不久，初抵外地的大都會求學，大街小巷，目光所及，一切對他都顯得如此新鮮立體，甚至突兀神奇。

想像，如果你不反對想像，上蒼給這年輕人天生一副多愁善感的性情，還有難得富磁性的低音嗓子。想像他初來乍到，五光十色的大城，加上以大城為背景的少艾之戀，固然令他欣喜萬分，遇事好鑽牛角尖的個性，一種無以名之，屬於一般志氣薄弱的年輕人才有的「心魔」，偏讓他吃盡苦頭，他在校園裡，在公車上，很快認了三四個乾妹妹，接連談了好幾場戀愛，到後來，竟因暗戀一個連手都沒碰過的學妹，丟掉了最先愛上，也最愛他的舊情人。

這不甘寂寞的年輕人，對愛情絕望，又自認沒愛活不了，活不下去的年輕人，同時對生命感到困惑不已，他處處模仿之前囫圇吞下，一知半解的西方存在主義讀物過日子，在內心凹洞為孤獨蓋迷宮，為憂悒起城堡，就差那麼一點便因他的天生好嗓子，被人強拉進教會聖詠隊唱詩歌，所幸他還有自知之明，在那之前，已先加入校內的現代詩歌社。

想像，如果你不反對想像，而且如果你多少知道青春，任何時代的青春，是怎麼回事，而青春時代的愛情又是怎麼回事，想像這年輕人平常愛跑到河邊玩，對著河水唱歌，半是兒戲，半是一個人落單了沒事幹，然而，就像古代詩家早說過的，「雛鳳清於老鳳聲」，幾回初試啼音，當河邊傍晚吹起涼風，天地為之變色，一時間，他竟深深愛上了自己的聲音——深深被自己嗓子所能模擬出各種情感光譜的憂愁及悲傷，被自己低沉厚重的嗓音，更準確的說，被那人聲本身給撼動了……

b.

李漁當初是這樣說的：絲不如竹，竹不如肉。

也就是，就各種能發出自己聲音的樂器而言，人聲不折不扣是最美好的一種。

可我得很快補上一句，人聲和絲竹之音層次有別，人聲並非任何樂器，它不止最美好，也最是獨特。

認真說來，人聲是何等素樸鮮活，複雜奇妙，而又不可思議的東西呀！人聲的背後有許許多多無意識，或人直接意識不到的美妙東西，因為它就來自人身這神奇的生命樹，知識樹，愛情樹本身。

人聲和絲竹之音層次有別，磁場有別，頻率有別，因為你我體內有太多奇妙的腺體，奇妙的「性靈的滋液」，掌握著人聲最富神韻的部分。人聲來自生命的源頭，而那正是吾人性靈，或「情之所鍾」的各種竅穴，孔洞之所在。

從伊甸園以降，戀愛中人於萬千場景的呢喃低語，既像是重演在愛情樹上偷偷刻下戀人名字的儀式，更宛如頻頻對著樹洞呼喚吶喊。古往今來，對「鍾情正在我輩」的詩人歌人而言，戀愛中人的忽忽若狂，戀愛中人的歌哭無端，乃是無上啟示，性靈的秘密與奧義，人聲的秘密與奧義，盡在於斯矣。

也因此，我們可以充分想像與理解，當傍晚涼風吹起，那外地來的，一臉迷茫的小伙子，那情場失意，只好對著河水唱歌的年輕人，反而得以誤入自己歌聲的樹洞，在一遍遍的自我聆聽底下，進一步偷覷到靈魂與肉體的雙重命題，以及自己未來的人生任務。退一萬步而言，即使人心再孤寂，世界再一無所戀，那個在向晚河邊徬徨的年輕人，他無意間發現的，可是一筆何等獨特的生命財富，何其大的性靈寶藏啊！

C.

詩集《薔薇學派的誕生》（一九七七）及《彷彿在君父的城邦》（一九七八；一九八〇）是我最早發表的兩本舊作，初面世在上世紀七十年代末，今天回首已整整四十年。

兩本詩集斷版多年，而我也早過中年多時，黃仲則名句「結束鉛華歸少作，摒除絲竹入中年」，因此對我不適用。反而是，龔定庵同樣有這麼兩句：「少年哀樂過於人，歌泣無端字字真」，常會不自覺想起。有一點要說明，在我理解中，上句寫「少年哀樂過人」，恐怕並非龔定庵，或哪位詩人獨有的經驗，而下句說的「歌泣無端」，更是每個多情善感的年輕人皆如此的。

這些舊作約略皆在二十到二十五歲之間，也就是從大二大三到其後唸外文所，在台大文學院當一名小助教，執編《中外文學》階段，到八〇年匆匆出國前，快筆揮就而成。當年我幾乎無日不詩，隨身帶著小筆記本，隨時隨地在其上塗塗抹抹，在校園裡，在公車上，甚至在大馬路邊，都會有靈感生起。出國打開了視野與創作的眼界，最早的那份詩的情懷證明越不了大洋，二十五歲，我後來才懂，乃是少年詩人最敏感，刻意，把自我的氣球一昧撐到最大，復從中瞬間爆裂的分水嶺。

去年初夏，我出了詩集《新詩十九首》，算是對回國後這麼些年來的人生感慨做了點總結。從《薔薇學派的誕生》到《新詩十九首》，一個人的大半輩子就這般過去了！回頭想到重印舊作，固然是重演一齣「青春悲喜劇」，但也堪稱喜事一樁，顯示個人有幸在時間的恩寵下，義無返顧，正堅定朝向某種人生的下半場，甚至是延長賽的那番深一層領悟邁進。

夢中我仍見得到，那條流過校門外的河，還有，就我一人知道的，隱現在河面，在天空上的樹洞，那座歌聲的樹洞。樹洞中有我當年遊蕩其間，整座大城的倒影，就只是倒影罷，因為樹洞中的一切其實都是我夢中的發明。

d.

在某一層次上，我並未真正活在一九七〇年代，那座叫台北的大城（台

廣	告	回	信
板橋郵局登記證			
板橋廣字第83號			
免	貼	郵	票

舒讀網「碼」上看

235-53

新北市中和區建一路249號8樓

印刻文學生活雜誌出版有限公司　收

讀者服務部

姓名：＿＿＿＿＿＿＿＿＿＿ 性別：□男　□女

郵遞區號：＿＿＿＿＿＿＿＿

地址：＿＿＿＿＿＿＿＿＿＿＿＿＿＿＿＿

電話：（日）＿＿＿＿＿＿＿＿（夜）＿＿＿＿＿＿＿＿

傳真：＿＿＿＿＿＿＿＿

e-mail：＿＿＿＿＿＿＿＿＿＿＿＿＿＿＿＿

INK

NK PUBLISHING

讀者服務卡

您買的書是：______________________________

生日：　　年　　月　　日

學歷：□國中　□高中　□大專　□研究所（含以上）

職業：□學生　□軍警公教　□服務業

□工　□商　□大衆傳播

□SOHO族　□學生　□其他 ______________

購書方式：□門市 _____ 書店 □網路書店 □親友贈送 □其他 _____

購書原因：□題材吸引　□價格實在　□力挺作者　□設計新穎

□就愛印刻　□其他 ______________（可複選）

購買日期：________年________月________日

你從哪裡得知本書：□書店　□報紙　□雜誌　□網路　□親友介紹

□DM傳單　□廣播　□電視　□其他

你對本書的評價：（請填代號　1.非常滿意　2.滿意　3.普通　4.不滿意）

書名_____ 內容_____封面設計_____版面設計_____

讀完本書後您覺得：

1.□非常喜歡　2.□喜歡　3.□普通　4.□不喜歡　5.□非常不喜歡

您對於本書建議：

感謝您的惠顧，為了提供更好的服務，請填妥各欄資料，將讀者服務卡直接寄回或傳真本社，我們將隨時提供最新的出版、活動等相關訊息。

讀者服務專線：（02）2228-1626　讀者傳真專線：（02）2228-1598

北日常）；也因這樣，遂得以詩歌見證另一座看不見的城市（台北非常），寫出「在台北」這樣的散文詩。那是白色恐怖時代，一個讀了太多魯迅，太多芥川陳映真的苦悶文青，他常常在白晝亮晃晃的馬路上找女神，同時又將自己放逐荒野，天天擺張慘綠兮兮的臉，在內心喃喃，只有自己聽得到的獨白：所謂「知我者謂我心憂，不知我者謂我何求」！

一九七七年中，我曾拿到一張盜版黑膠當禮物，那是當年英國最酷的中古搖滾樂團 Jethro Tull 的新專輯，來自那位我始終手都沒碰過的女孩。但在那之前，我已對中古世紀，歐洲騎士文學十四行詩著迷，為了回報女孩的餽贈，我寫了「暴力與音樂的賦格」一詩。現在回頭看來，那是一首從《薔薇學派的誕生》到《彷彿在君父的城邦》的跨越之作，宣告我已從稍早偏甜的綠騎士風走向苦澀萬分的藍騎士時代。

年輕詩人的 hubris（或所謂「悲劇缺陷」），常就在他過度旺盛，強大的心魔，可說成也它，敗也是它。一開始，當我在樹洞中學會歌唱，愛的失落及獲得一直是最重要的命題，「瑪麗安」這帶有濃濃異國風的名字，既是性靈的代號，也是一種類似綠度母般的母親幻想，聲音幻想。

瑪麗安是假，也是真，是內，也是外，既是歌聲的樹洞，也是詩的傳奇本身，大至集體的國族命運，小至個體的悲歡離合，我都可以時時在詩中向瑪麗安持咒祝禱。但當青春的夢想變得愈來愈激進，孤獨，且充滿了焦慮——從藍騎士往國族的鐵甲武士不斷傾斜——瑪麗安再也救不了我。若干年後，我也不得不因此，告別瑪麗安，我那永不再的樹洞傳奇。

青春，哦青春！像那滿天蟬鳴，我一度聽見它的歌唱，至今也仍迴響在心底。

致楊澤

／顏元叔

去年讀過你的《薔薇學派的誕生》，今年讀你這冊尚未命名的詩。我說：楊澤，你人是不漂亮，詩倒寫得挺美。人不可貌相，紳士詩人與美女是最好的例子。

讀《薔薇學派的誕生》前，我有意評你一評，就是說，挖你一挖。但是，一路讀下去，竟然找不到一個可以下鋤的漏洞。批評家都不懷好意；而我，你知道，是批評家中的批評家。你竟然不給我一個下手處，教我好憤怒。然而，楊澤，你那三句一喚的「瑪麗安瑪麗安」，還是把我的心給叫軟了。

你這冊詩擱在我的桌上，少說有兩個月吧。你知道為什麼我遲遲不看？

因為，我預測這裡大概也沒有可以下鋤的地方。英雄無用武之地，我怎麼扮演批評英雄？此外，我忙，我又腳痛。你要我又忙又腳痛的當頭讀你的詩，這個可不太合情理吧？難道你的詩比我的腳痛更重要？比我的謀生更重要？比我跟出版商談生意更重要？比我去吃應酬飯更重要？唉，年輕人，你大概是不懂得世上人事的比例呢。

兩個月來，你這冊詩一直壓在我的案頭，也可以說壓在我的心頭。因為我答應過你，要讀它。此外，我也想讀，我想再聽聽你那凄楚的呼喚，「瑪麗安！」當然，你的瑪麗安另有其人，不是叫我——這怎麼可能，除非你改瑪為馬，改麗為力，改安為鞍。不過，你我都讀過遼遠時代遼遠詩人的一首詩，當他面對崢嶸的海灘，聽著退潮的喧囂，他呼喚他的瑪麗安，我們體驗分享了他的呼喚。所以，聽你柔柔呼喚瑪麗安，我內心有些蠕動，大概不算心理變態吧。當然囉，你的瑪麗安被叫喚了千百次，那位英國佬只叫了他的瑪麗安一聲；質是，我摘下批評家的面具，以人情之常來猜想，你的瑪麗安比他的瑪麗安應該更美更媚，更能了解你，更能反映你投向她的一切申訴。也許，她是你的女友，十萬倍的放大，也許她就是你夢中的姜嫄？只是姜嫄已死，你還能把她喚醒？

楊澤，讀你的詩，事先應該齋戒沐浴，因為你的詩支撐在若干龐大的向度上。可是，我把你的詩冊帶進病院，在候診的長廊上讀你的詩。那照看你的詩的燈光，是照過千百病人的燈光。我便就著那燈光，一頁一頁讀你的詩。讀讀你的詩，看看生病的人；讀讀你的詩，聽聽生病人的嘆息。那嘆息是如此熟悉，那病容是如此熟悉，乃使我產生莫明的幻覺，覺得畢加島就是臺灣島，巴塞隆納就是臺北。我乃覺得，在一家臺北的病院裡讀你的詩，也許是讀你的詩的最佳場所。你想知道我生的是什麼病？還不是那個老毛病，腳痛。據醫生說，腳痛是痛風的一種，痛風是尿酸過多所致，尿酸過多是由於吃得太營養，臺灣患這種病的人很多。醫生叫我節食忌口。這怎麼行！有吃的不吃，人生有什麼意思，是不是？醫生說，你又是一個不聽勸的病人！那就只能治標，不能治本，拿點藥去止止痛吧。

啊，發自樹葉深處的聲音，發自叢林那邊的聲音，發自河水的聲音，發自卵石的聲音，或遠或近，或隱或顯，或遠在天涯，或近在耳邊。是一種什麼悲劇的歡欣，刺激著，激勵著，使樹葉，使卵石，使河水，使叢林，喃喃吐露，變成千百張唏噓的嘴？為什麼不在長廊上訕笑，為什麼不在柳樹下碎語，為什麼不在看完電影後以一個生煎包塞住口腔，卻要說：「愛與和平仍然佔領西門町」！沒有用的，你不過是一個小助教。你翻開歷史看看，歷史的重心不在經濟便在民生，不在槍桿裡便在秤桿上；有沒有人說，詩是歷史的重心！就算詩的睿智能窺入歷史的角落，詩的情操能舐盡歷史的創傷；就算有一個年輕人昂然地從灰暗的法庭走向更灰暗的密室，瘦削的雙肩從千萬人注視的螢光幕上，消失於午飯或晚餐後的遺忘，那祇是一個小小插曲，而歷史還是瘋子的傑作。可是，樹葉卵石禁不住呢喃低訴，依舊歡欣地唱著悲劇之歌，悲劇地唱著歡欣之歌。唉，是不是也是愛爾蘭刺傷你，使你身負千百個創口，而這千百創口一起在呼喚，呼喚？呼喚著要向歷史復仇？

向歷史復仇，能嗎？行嗎？歐立德一再說要「拯救時間」。時間如何去拯救，既然它從你指間一滑就滑入了渺迷難及的腦後？也許你能做的只是了解它，洞察它，撫摸它，擁抱它，就像一個母親抱著她的殘缺的兒子，或像一個兒子抱著他的衰邁的母親，恨之有餘，愛之不足。只有這種擁抱才是復仇之始。唉，已經臻成的就永遠存在，像一頭銅牛在河堤上。向歷史復仇？你能向秦檜討回岳飛的性命？你能教屈原從汨羅江中躍回岸上？那日本人既然攻下山海關，那彈痕就永遠留在我們的心頭上，在你我吞食的合利他命裡，糖衣之下還有南京大屠殺的血跡。歷史的鬼影，揮劍不去，而總是騎在我們的雙肩上。只有那些沉緬於五燈獎的人，他們在遺忘中找到了一小時的幸福。

向歷史復仇，向歷史裡每一個虧待我們的人復仇，每一件委屈我們的事復仇，向使我們成為今日之我們的歷史復仇。我們乃將劍插入歷史，插入，唉，卻插入我們自己的心胸。因為，我們自己已然是歷史的一部分。醮著無限的愛，醮著無限的恨，為歷史，為我們自己。是無限的愛，亦是無限的恨，歷史正吞噬我們，我們的肢體已經變成它的血肉，它就是我們自己。為它流淚，為它嘆息；抱著自己的肉體，躓顛前奔，向歷史復仇的比武場也許是明天。然而，不擁抱歷史的人，永遠不能向歷史復仇，不對歷史既愛且憎的人，明日只將是歷史之重演。

讓那些從皮膚貿易的人去繼續從事皮膚貿易，你繼續寫你的詩，將你的詩像道途般伸向過去、深入歷史。楊澤，在你這個矮矮的身軀裡，難道我們將重尋五千年的歷史意識？楊澤，在你略顯側行的步伐裡，難道我們將看到二十五史的心路歷程？難道，你膽敢像一個遼遠的詩人，將民族靈魂投入熔爐，冶煉成型？楊澤，你還年輕，你不要成型太快。可是，在茫茫的暮色裡，你又似乎很老很老，像一個破殘的稻草人，被龐大的向度所支撐，在原野上，天風中。

目次

III 伐木

I.

柏　　舟

1 2 3 4 5 6 7

柏舟

公元前七八〇年的秋天，雁子匆匆飛過，當行役者開始有了遠思的時候，詩人死了，他的朋友聚集在黎明的河邊，把裝著詩人屍體的柏舟緩緩的推入水中……。

等我繞過黃昏的柏樹林，在廢棄的河道上發現詩人的柏舟時，已是兩千多年後的事。傾圮的舟身，一半擱在河中的沙洲上，有一些小鳥停駐，旋飛。詩人離去，象徵愛與智慧的金黃色糧食也已不見。

兩千多年後，我坐下來思想，在淤淺的歷史河道上，時間、自由、榮耀，一切都失去了意義。詩人，在長夜來臨前，則我必須獨立推我的柏舟下水：

汎彼柏舟，亦汎其流……

一九七七、十、十八

在畢加島

之一

在畢加島，瑪麗安，我看見他們
用新建的機場、市政大廈掩去
殖民地暴政的記憶。我看見他們
用鴿子與藍縷者裝飾
昔日血戰的方場吸引外國來的觀光客⋯⋯

在畢加島，我在酒店的陽臺邂逅了
安塞斯卡來的一位政治流亡者，溫和的種族主義
激烈的愛國者。「為了
祖國與和平…」他向我舉杯
「為了愛…」我囁嚅的
回答，感覺自己有如一位昏庸懦弱的越戰逃兵
（瑪麗安，我仍然依戀
依戀月亮以及你美麗的，無政府主義的肉體…）

在畢加島，我感傷的旅行的終點，瑪麗安
我坐下來思想人類歷史的鬼雨：
半夜推窗發現的苦難年代
我坐下來思想，在我們之前、之後

即將到來的苦難年代，千萬人頭
遽而落地，一個豐收的意象⋯
瑪麗安，在旋轉旋轉的童年木馬
在旋轉旋轉的唱槽上，我的詩
我的詩如何將無意義的苦難化為有意義的犧牲？
我的詩是否祇能預言苦難的陰影
並且說——愛⋯

在畢加島

之二

在畢加島——在一種斷續的
昏厥狀態裡，我激烈而孤獨的病疾
我嚴重的囈語，啊，一切都是預言與真實⋯⋯
我夢見他們用紅色的燈光拷問我，緊緊追問
我的名字、籍貫與年代——我夢見
身處一座陌生的城市，一種普遍而廣大的陰謀
關於財富、名譽以及地位

——我夢見顢頇昏庸的官僚，啊，多麼像
我荒疏、空白的生命表格
——我夢見發光的旋轉，旋轉的是
我夢中溺水的雙手，緊緊抓住的
發光的愛⋯

（在畢加島，他們公然的以訕笑我為樂；當我告訴他們我是一個不同的人，一個詩人——胖子傑克迅速制止了我的抗辯，殘酷的從背後十字架一樣的架起我瘦弱的身體；我痛苦不堪，頭髮在雙肩清晰可聞的折裂聲裡垂向右肩，耳中盡是眾人集體的嘩叫以及胖子傑克充滿惡意的詭笑——指控我祇是一個不會功夫的中國人⋯）

在畢加島，我獨力對抗整座陌生的城市
整座顢頇昏庸的系統，夢見
他們變換各種顏色的燈光
輪流拷問我，緊緊追問
我在過去歷史的地位以及未來的企圖⋯
在畢加島，一種普遍而廣大的陰謀
在白晝公然進行
關於移民與未來世界的簽證
我夢見，他們要我在病歷卡上簽我的名字
承認我是一個來自過去世界
來自君父之城邦，充滿

復辟思想的詩人與間諜⋯⋯

在畢加島，在一種斷續的昏厥狀態裡
我激烈、孤獨的病疾與古代
偉大的詩人取得一種神聖的聯繫⋯⋯
我聽見，有人在發光的黃昏天空彈琴
聲音荒涼而動人
我看見發光的旋轉，旋轉的是
我夢中溺水的雙手，緊緊抓住的
發光的詩行
啊，發光的愛⋯⋯

一九七七、九、六

在臺北

下午六點鐘的時候，在臺北，在八億國人的重圍裡，瑪麗安，我們的散步已變成不可能。一張張陌生的臉，我們的國人紛紛橫阻了我們的去路，緊閉著咀唇，匆匆而行。瑪麗安，我幾次想帶你切斷噪音，抄我們過去常走的僻徑到達寧靜地帶，可是一切顯得多麼無助，我再也找不到那些小路的入口。我自認的無辜，讓我覺得我們已錯入了最敏感的政治地帶：叛變、行刺、暴亂埋伏四周——以及最大量的生死最大量的流離，以及革命與反革命的名下，一切都帶著血腥的，血淋淋的血的感覺⋯⋯

但是瑪麗安，這一切祇是我一時的幻覺；我們並非在大陸的核心，而是在它邊緣的廣大海面。下午九點鐘的時候，假如我們像城裡其他的人從一場好萊塢的新片出來，愛與和平仍然佔領西門町⋯⋯

一九七七、九、八

在巴塞隆納

在巴塞隆納，小孩子在街上向我丟石頭，我幾次半夜囈語醒來，為了自己在鬪牛場上的懦弱，像一個小孩一樣嚶嚶哭泣……

在巴塞隆納，甚至我的親人也不能原諒我，人們聚集在酒店裡公然的侮辱我，嘲笑我——我聽見有人大叫：西蒙，我們愛你，西蒙，你是個多麼奇妙的混合物——哈哈哈，一個懦弱的鬪牛士⋯

在巴塞隆納，那個以屠殺，飲酒為樂的城市，一夜醒來，一切我多像一個長年的惡夢。我在破舊的地圖上找到東方，指著那片廣大美麗的土地，我迅速的作下決定——我決定離開巴塞隆納，到新興的中國去參加偉大的國民革命。

一九七七、九、一

在格拉那達 Café（Castle in Spain）

在格拉那達 Café，冬日的午后突然暗了下來
在奧莉薇亞・紐頓・瓊微笑著的眼睛上
我用一把叛逆的小刀，茫然銳利的鋒面刻下我的執意與無聊
愛與被愛，他們躲在唱機裡繼續歌唱、吶喊、哭泣
而窗外的天色是一條潮濕潮濕的手帕
在我的眼裡逐漸凝聚黑雲的陰影

（關於一九七七年的愛情機器，我的狂想是我看見一酷似自己
的男子被捲進一部運作中的龐大機器然後變成一件件印著英文
字母 love 的 T 恤跑出來⋯⋯）

在格拉那達 Café，極端的感傷與強大的自責
我甚至不敢對命運的過錯有任何的責難
雜亂而暴躁，我茫然的在同代
許多年輕人的底下簽上我的名字。
在格拉那達 Café，我匍匐在咖啡杯的邊緣
偶然望見杯中流淚的自己的倒影⋯⋯

（站在一九七七年的櫥窗前，我是全然年輕的，而世界已頹頹

老去，如一遲暮之妓⋯很多的不滿，太多的憤懣，到後來變成
祇是一些可笑的牢騷，微弱的聲音祇有自己的喉嚨不清楚的聽
見。假如我大聲呼喊，除了我的 echo ——啊誰會聽見⋯）

在格拉那達 Café，我無意邂逅的那人說他來自
西班牙，卡斯提爾的風景
陽光的國度。
爽朗的笑聲，熱誠的絡腮鬍
他向我宣稱：
西班牙的哲學是音樂，與沒有哲學負擔的雲
他向我說（揮舞巨大的手掌在我眼前晃動）：
請不要囿於——孩子，囿於徒然的感傷與憤怒
祇要我們朝著太陽奔跑，我們

必能把陰影拋在身後
祇要我們向前奔跑，穿過所有的年代一直向前奔跑
我們必能到達——
到達一座在空中明滅出現的美麗城堡
啊！在西班牙⋯⋯

一九七七、十二、十九

在巴拿馬

在巴拿馬
因為無事可做
我把一粒迸落的鈕扣丟下運河
希望它經過狹窄的魚腹
展轉被南中國海釣起
希望它離開我

像一滴淚
離開它枯涸、
冷漠的眼

一九七七、十、九

在中國

在中國，瑪麗安，我走下一條清晨的街道，看見人們用廢棄的汽油桶當爐子，燃煤升火，在上面煮豆漿，炸美味的油果。在中國，我走下清晨的街道，聽見遠處市場的喧嘩，像剛煮沸的豆漿，初下鍋的油果不停嗤響。

在中國，瑪麗安，我站在雨後的街道，等待出殯的行列，縞素與幡旗一一走過。我看見他人的父親、母親、兄弟、妻子以及妻子懷裡的幼兒。我看見執紼的人羣，死者的親朋，好奇的孩童夾在後面奔跑。

在中國，瑪麗安，我整裝去參加鄰人的婚禮。在中國，我端坐在街道旁臨時安排的宴席上，默默的環視周遭，喜氣迅速的感染了我——瑪麗安，我想，我想告訴你：

這是中國，我紅底金字的愛，我永生的婚約。

一九七七、十二、八

在鳥店

在鳥店，語言的巴貝爾塔；我發現自己對著一隻古巴山區特有的 blackbird 囈語。它的沉默，它的令人難忍的沉默眼神：迅速的我追溯到另一個動亂的年代，革命的年代——在另一個藍色的天空下，詩人提倡的一種飛翔的偉大的政府——在另一個藍色的天空下。詩人與他被放逐在世界的天空的流亡政府。迅速的漂泊。漂泊。飛逝在空中。像他流落海外的手稿，孤獨沉默的 blackbird 說的話：
　我將以流亡、沉默來對抗暴政及腐敗。
流亡。沉默。
再革命。

一九七七、十一、廿八

在風中

在風中獨立的人都已化成風。
在風中，在落日的風中
我思索：一個詩人如何證實自己
依靠著風，他如何向大風歌唱？
除了——啊，通過愛
通過他的愛人，他的民族

他的年代，他如何在風中把握自己
一如琴弦在樂音中顫慄、發聲
與歌唱⋯⋯

在風中獨立思索的人都已化成風。
在風中，在落日的風中
我思索：一個人如何免於焦慮或渺茫
他的愛，他的愛如何得到一種崇高的表達？
除了——通過陽光
比大理石更堅實的光輝，通過季節通過羣星
啊，遠比命運更莊嚴的運行，他如何在
風中獨立、思索，當
落日在風中，蒼茫墜落無聲⋯⋯

在風中獨立思索風的人都已化成風。
在風中，在落日的風中
假如他大聲歌唱，他將喚回所有逝去的
歌者，站在他的四周，環繞
他像羣星環繞宇宙的黑暗與空虛
歌唱光明，歌唱愛；
在風中，在落日的風中
假如他逆風流淚奔跑，大風
將與他並行，並為他悄悄拭去
所有的淚……

一九七七、十二、廿六

在邊疆

在邊疆，季節的從容使我有一種投閒置散的感覺。我在孔子從未到過的南蠻任教，當一個偏僻縣區的小學教員，課餘則試著為當地的優秀子弟編寫一套歷史教科書。

（彷彿有一些什麼在遠方遠遠的發生著。秋天想必更激烈了，夕陽燃燒著，一片秋海棠⋯⋯）

在邊疆，季節的從容遞移終而有一種雲夢幽遠的感覺。我發現自己不復夢見海和廣大的天空，且時常想到一些孔子可能從未想過的問題。

「在天空默默飛行的候鳥，究竟是偶然論者還是目的論者？⋯⋯」

（一個中國留學生在紐約跳樓自殺。他們在聖保羅市的廣場立孔子的銅像⋯⋯）

在邊疆，學期快末了的時候，我帶著我的學生到海邊遠足。冬天已經到了盡頭，我坐在岩石的陰影下吸菸、沉思，看著我的學生在遠處的沙灘上追逐、戲耍，透明的陽光在我的眼裡默默的燃燒著。燃燒著。猛然坐起，我看見一千隻候鳥在成群向我奔來的學生們的眼中向北飛去——

「老師——」

一九七七、二、廿四

在蘇格蘭（終曲）

在蘇格蘭——
憂傷的王啊憂傷的王
我坐在河邊呼喊你的名字。
蜘蛛在風中結網，我的羞憤多麼像昔日
你流落異地的子民，在風中呻吟悲歌
你可曾聽見？

蜘蛛在風中結網，我狂呼、仆倒、竭力敲擊
我的憂鬱成歌——我祇是一個單純的愛國者
傾向激烈啊激烈⋯

在蘇格蘭——
憂傷的王啊憂傷的王
我坐在河邊呼喊你的名字。
蜘蛛在風中結網，我想我終於能體會到
數百年前，你饑餓而困頓
憂傷而怔忡的心情；
蜘蛛在風中結網，我終於體會到——
數百年後，你化身一隻蜘蛛
教我這個異國浪子吐絲、結網
在風中不撓的吐絲、結網的用心⋯

II.

拔　劍

拔劍

日暮多悲風。
四顧何茫茫。
拔劍東門去。
拔劍西門去。
拔劍南門去。
拔劍北門去。

一九七八、三、十

東門行

我終於卜居了下來
在古代的城牆附近。
青山橫北郭。
白水繞東城。
娶了妻，生了子的我
哦，是如何如何的

不同於去日
痛飲狂歌，飛揚
跋扈的自己：
「拔劍東門去
兒女牽衣啼」
一千多年後
詩人啊，我卻把你的劍
沉埋於城牆下
一千多年後
當天下寒士
俱被廣廈所收買
驅車出東門
望著大道盡端的落日

我看見亂雲正雕塑著：
一個古代寒士
獨立蒼茫的形象
…………

一九七八、三、十一

西門行

請不要用你的問題追問我
我祇是電動玩具店裡
一名孤獨的賽車手

一九七八、三、十一

請眾同禱

罰我變成一個痛苦的盲者。神啊
假如我於所見的事物沒有愛
罰我變成一個自卑的駝子。神啊
假如我對周遭的人們沒有敬意

罰我變成蜥蜴，變成青蛙或四腳蛇
假如這一切都是為了詩的正義
這一切都屬必要而無誤
但是神啊，請切莫罰我——
罰我變成一個拍蒼蠅掩護老虎的政客
或苟苟蠅蠅的貪商

旅夜書懷

細草微風岸。危檣獨夜舟。星垂平野闊。月湧大江流。
名豈文章著。官應老病休。飄飄何所似。天地一沙鷗。

——

雨夜，經由雨聲
我獨自穿越星垂的平野，順著

古代的大江而下，彷彿一葉小舟⋯⋯
天地如寄，我的感懷多麼像
世襲的星座，蒼鬱森然的秩序
舟上的人並未察覺
秋水冷澀。湧流的——
詩人，是大江還是月
是時間還是，你苦苦飛旋的
沙鷗？
我獨自穿越星垂的平野，沿著
古代的大江，我獨自
浪跡來此；
站在永恆的對面，像羣山一樣
沉吟你的名字

天地如寄，詩人
難道這就是你要告訴我的一切？⋯⋯

一千多年前，當
秋風吹破了茅屋，飛茅渡江
淒淒慘慘，卻沒有吹落你的執著與迂闊
我彷彿親見你的年代：
內戰的瘡痍，流離的道路
數省烽煙圍困你於
新鬼的哭聲，偉大的半饑餓
一千多年前，我彷彿親見
春宿左省，金鑰玉珂
一名不寐的中國老人

我彷彿看見啊看見
一隻苦苦飛旋的沙鷗……

天地如寄，詩人
你的一生原是詩的廣大身世
感事憂時，花淚鳥心
你用入聲韻的急節悲情，站在胡騎塵揚的黃昏
向我們吟誦：
破敗的家國，殘存的山河
想你晚晴獨坐，年少的抗議與懇求
黎元的苦難都付諸後世的詩稿
天地如寄，我彷彿看見
你自鑿老病的孤舟

向死後無盡的江月委身⋯

天地如寄，誰是
你的志業的承襲？
我獨自穿越星垂的平野，沿著
古代的大江，我獨自
浪跡來此；
站在永恆的對面，像羣山一樣
沉吟你的名字
月湧江流，我願是——
你高古文體的繼起

夏蟲

夏日的草蟲啊，你們何需如此匆忙，秋天——啊，秋天難道就將到了嗎？

在晝夜的推移以及季節的循環裡，我曾經找到了一些永恆的事物。四月的時候，春服已成，春雨剛剛下過，久旱的沂水因為充沛的水量而到處發出一種讚嘆的聲音，我和同門二人、童子數人，同到河的上游去游泳、沐浴，回來的時候，輒坐在眾人合力搭建的舞雩台前，默默等候晚風吹乾猶濕的髮茨，等候黑夜的降臨……

在晝夜的推移以及季節的循環裡，我獨坐在眾人合力搭建的舞雩台前——相對於千乘之國，專對一方，我以為我曾找到了一些永恆的事物。

但時日迢遞，我不禁悚然而驚了……

九月的時候，我照例到一個叫里仁的地方去為夫子收集一些零星秋租。里仁原是一個土地貧脊的山村，等我在九月末的一個傍晚到達那裡，村中的人絕大多數已因疫癘流行而病倒了。哀鴻在空中憂傷的徘徊，間而挾著待哺幼兒的哭聲旋飛。僅有的幾名未感染的村人要我儘速離開，我猶疑著不忍就此而去。

站在當夜的村口，望著村中四處焚燃屍體的火光，我想起了夫子所說的：朝聞道，夕死可矣；但究竟什麼是道呢？……

疫癘甫去之後，我就奉夫子之命統計魯地死亡的人數，以為善後提供施政者的參考。死者中有我的舊識，也有僅聞其名者；有鄉黨的小人，也有我素所敬仰的君子……天命可畏，善惡賢愚同一穴；倏爾奄乎，玉石不期俱焚……我整天嗒然若失，某日早起，過中庭，忽然看見夫子一人扶杖獨行，茫然自語：

泰山其崩乎
梁木其壞乎
哲人其萎乎

（漠漠風起，簌簌葉落，當下一個秋天來到——夫子啊，我們卻在那裡？）

臨終的前夕，眾人方在悲泣，垂危的夫子忽然用力推被坐
起，用他的一雙　的眼神，對我喊：
快，孩子，快
視我的眼，視我的手
視我的軀體
視我的髮膚
視我的軀體——啊，那已變成冬日的大道的軀體
視我的髮膚——啊，那已變成狂奔的馬車的髮膚
視我的手——啊，那鞭子
視我的眼——啊，那無垠，無垠的晴空！
我隨侍在側，不禁為我、為夫子的生命，潸然而泣了⋯⋯

一九七八、七、三十

蜉蝣

——蜉蝣掘閱，麻衣如雪

這是可能的：
我追索我的夢到達一個發光的城市，發現
雪在夜裡落著，在千燈死寂的夢裡紛
紛落向我的眼上、睫上

我發現，雪在城市的夜裡
落著，千隻蜉蝣的發光羽翼
重重擊打我的雙瞳且不斷
在我高聲呼痛的淚光裡不斷飛翔、死亡……

因為詩的沉痛允諾
因為詩的沉痛允諾，這是可能的：
我再度追索我的耿耿不寐到達一個黑暗廣場
雨雪霏霏，在靈風死寂的旗下
雨雪霏霏，彷彿佛的千手遺忘的千手。而
我流淚獨坐，聽見黎明在城市的底部
在整個盆地的底部，那樣艱難遙遠的
喊我的名字……

一九七七、十、廿一

打虎

長夜的街衢猶兀自等待我踉蹌扶醉歸來。闌珊
的夜市，打烊的木門
迎風飄打萬千寒涼淒苦的雨絲。
華美的宴席，原是古今
多少俗人的聚散與匆匆
浮生若夢，何曾

夢覺？卻如何解釋——
這夢中的醉醒與真實（悲歡
離合，對酒還當歌）

⋯⋯走了一直，酒力發作，焦熱起來，一隻手提著哨棒，一隻手
把胸膛前袒開，踉踉蹌蹌⋯⋯⋯⋯⋯⋯那一陣風過了，祇聽得亂
樹背後撲地一聲響，跳出一隻吊睛白額大蟲來⋯⋯⋯⋯⋯⋯

長夜的街衢猶自兀立彼端，我踉蹌扶醉歸來
（海上生明月，天涯
共——此——時——）
一地的赭紅暗影射自民家喪宅的靈前供燈，天地蹲踞
若一巨大的神龕

迷離的燈光洞穴兀自向我晃動：
兩只灼紅的吊睛。
古今一夢，夢醒處
卻是一身冷汗潺潺。
魔由心生，我如何效那——
打虎的行者，八方奔騰
一腳踏破此中的虛實與真假？
魔由心生，那傳奇爛漫的行者
當其興會淋漓之際，卻是渾然不知⋯⋯（魅魔
重重，誰曾圓此大夢？）
罷了！爛漫的行者已遠，降魔的
尊者未至

哨棒雖失，雕蟲的
綵筆猶在
風從虎，雲從龍
參悟風雲中龍虎的異象合當是
詩人一生志業。
海上生明月
天涯共此時
我欲掇此明月，圓此大夢
千年之後，獨自歸來
空立在此長夜的街衢
化成一則高古的浩嘆

兩頭蛇

這是所有在迷途流浪的小孩往往會碰到的——
橫阻在路面中央，一條
與草同綠，與天同青
與小孩眼睛同藍的兩頭蛇
正昂首注視著他：

「我就是傳說中的那條蛇。所有
見到我的人都將
不幸死去。」

這是在人生迷途流浪的小孩不免會碰到的——
我坐在路旁的樹幹上哭泣
因為我已經見到了
（越過它眼中的生生死死）
一條象徵罪惡與絕望的兩頭蛇

快雨時晴帖——致大鵬

快雨時晴佳。想
你枯守報社六樓固定的桌前
午後此時照例不免有些忽忽不樂
我坐在靜極了的書庫二樓，看見
兩隻雀鳥在天井的地上啄食、嬉戲
窗外快雨昏天暗地而來，俄而

轉晴。想安善。

柔條漏金，這祇是滔滔長夏
午後慣有的一場驟雨，方
其來去前後，萬物默然，草木
含悲，天空像一巨型漏斗
傾注下一片不祥的光輝（彷彿在
戶牖樑棟間游走）
我似乎聽到了周圍蠹蟲的竊笑
與古人的嘆息

我坐在窗前，手抄著右軍的追尋帖
宛然有了抄經者的心情

世事無常，我思及
你曾提起的：「天地終要過去」
追尋傷悼，但有痛心
我追摹著那些清醒悲哀的真跡，思想
當人們對這個世界不復有一種完整的理解與想像
柔條漏金，祇可能是
一種頹廢的風情

頹廢，柔條漏金，那千載後如此令人神傷的字體
卻是一種幾經鍛練，與金石
同其久遠的藝術形式
喪亂流離，那些你我心儀的過江人物
在頹廢底下，卻有一種

知命達遇，一往深情的沉靜風格
柔條漏金，頹而不廢
當天地過去，它們
永恆的形式仍將留下

快雨時晴佳。想
你枯守桌前，對這個世界
有著雷同一個人對自己身體的抱怨與關懷
我坐在窗下，思及
你所試作的六言，你對形式、聲情的不懈追求
它們曾感動了我，在這樣一個
黃鐘毀棄的時代

在這樣一個黃鐘毀棄的時代
當人們對世界本身不復有一種完整的理解與想像
柔條漏金，我夢想
我們拊金擊石
重建這一代的黃鐘大呂
（那千載後仍如此令人神往的字體
似乎在向我招喚）
快雨時晴佳，想
安善。

悼

a.

感冒，還有連日風寒
一籠中的綠鳥在近午死了
使我一時，戚戚然

栖栖然，似乎有無限的悲傷
我把關了數日的窗簾拉開
晴空依舊，但我知道（像
剛學會減法的小孩）
一隻小鳥已從這世界
永遠消失

b.

草間啄食的，也許

是另一隻鳥。栩栩然
在窗外草地
卻使我有
蘧蘧然的悲傷

賦別

之一

像一個時常在雨季忘了帶傘的人
我耐心的站在騎樓下的人羣中等候
雨季未完時，我將已
離開這個城市

賦別

之二——懷詩社諸友

文學院的夜晚無須月色導遊
在暗中的蓮花池下
無聲自轉的玉盤啊
請代我召回那些散去的人

賦別

之三

那是一種懷瑾握瑜的感覺：
碧空懸落床前如瀑
閃閃離愁像玉石的陰文
暗題一方淡染夜色的手巾邊緣⋯

那是一種玉碎星焚，良夜無情的感覺：

灼灼蟲鳴已是上個世紀的更漏
風去時，惟有流轉了千年的夜
仍在我們之間逡巡⋯

大雨

我像大雨一樣屈身行走
為了進入那條在夢中顯得極窄的巷子
為了回到童年——
卻祇能焦急的打落窗前⋯⋯

快樂頌

在第四樂章
我又聽見那名男子率著一羣和聲向前歡唱
我又聽見——在堅果般的德文發音法底層
世界被置於鐵砧上用力錘打，不斷被錘打成一首歌

對月

今夜月圓，微雲
散盡的天空眾星寂寂
高樓上，人聲潮水已撤
滿月瀉落如泉
恍然是兒時夢境

彷彿當年紙上畫月，月沒有
陰晴，也不識圓缺
稚拙一如，無瑕一如
手描的五角銅板
滿載單純的夢想與光明

夢想光明
花樹與星
換成了一整座閃爍不定的城市：
紅塵誤入路漫漫
蜻蜓折翼蝴蝶藏
幾度陰晴圓缺，如今
又是月圓如初

月圓如初，俯臨
那些欲望行經的街道
那些在夢中陷落的高樓，彷彿
一個奇異的真實。
當遠近燈火都已入睡
多金的胖子在夢中呻吟
無眠者的身影對窗長立
暗夜偶爾傳來，推牌和爭吵的人聲：
滿月瀉落如泉
滿月瀉落如泉，彷彿從未

有過陰晴圓缺，彷彿
大千世界在此刻完成了
它所有的紛芸與真實。
紛芸真實，人生與詩
簡單一如，深奧一如
這以五角銅板手描的圓月——
世世代代的詩人，一直
試圖描摹、修補的
不也正是這一輪輪
滿溢夢想與光明的
人間圓月……

短歌

像一棵靜立窗外的樹，
我曾想力求鎮定，
對人生不予置評。
世道雖云不古，
人心原來多病；
像一棵落葉紛紛的樹，

衹為夜來風雨蕭蕭，
我也曾憂心悄悄。

我也曾憂心悄悄，
儼然一愀然小丑。
君子與小人同代，
碩鼠與麟趾並論；
朗朗青天，浩浩大地，
幾人能與天地合德？
我也曾憂心如焚，
像黑夜中的明鏡，
悄悄有了裂痕。

像一棵靜立窗外的樹，
我曾想力求鎮定，
對落葉不予置評。
天命即所謂性，
率性即所謂道。
像一棵靜立窗外的樹，
視此耿耿在，
明月與浮雲。

後記：病中偶讀錢鍾書「圍城」，一夕數驚。篇首三句即當時所得。輾轉一月，始成此詩。

植物園觀蓮有感奉大鵬

也許有一座先驗的蓮池
水珮風裳，在上一個來此
獨坐與下一個繞池
留連的人之間長存，而
不為人識。菡萏
香銷之前，雲光

花影，披露多少
仲夏的亭亭和幽幽；但
也許還有一種比風，比香氣
更不可捉摸的腳步
在你我和眾芳之外
獨自的愁起綠波之間⋯

愁起綠波間。非是
為露重香輕所惱
也非苦於驕憨的夏日
在下一個繞池彷徨的女子
與下一羣來此寫生
采撈蓮蓬的男童間，也許有一座

先驗的蓮池，已然洞悉
人心的淤泥和善惡⋯⋯

夏晨露晞之時，我曾
窺見那亭亭的清姿
（製芰荷以為衣兮
集芙蓉以為裳）
我也曾哀眾芳之蕪穢
以一石探問
驚起飛鳥二三。
菡萏香銷之日
況你拈花微笑之時
我卻纔誤入藕花深處，悟得

蓮心之苦

愁起綠波間。在紛紛
開落的華實裡，這些
亭亭如雲、如夢的水生植物
一若你我，是否也有
他們的來歷與前身？
（也許有一座超越的蓮池
水珮風裳，不為人知）
當世界像一個清晨造就好的花環
入暮時即被拆毀
這些大如車輪的蓮華，若
有想，若無想

他們的鄉愁是否
也和我們一般深重⋯⋯

（觀蓮後一日）

III.

伐　木

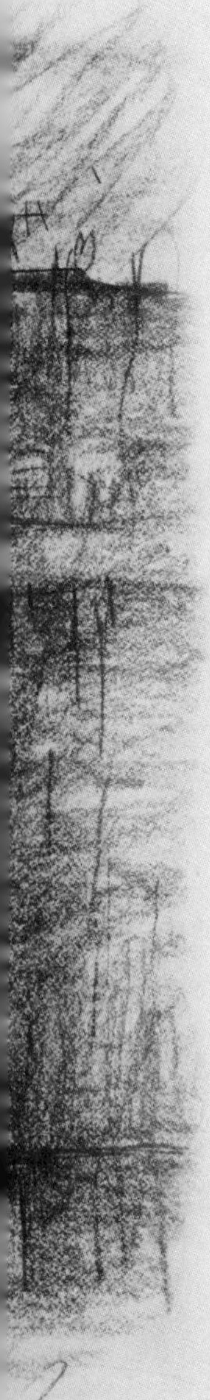

伐木

——伐木丁丁・鳥鳴嚶嚶

藏身于繁花深處，春天最隱密的一棵樹上
她向我歌唱愛情，且宛轉的責令我建築愛的居室。
相對於繁花的幽谷與喬木，我撐傘站在城市的人羣中

感覺自己像去夏海濱所見
一座荒廢已久的建築鷹架在雨中⋯⋯

一九七八、二、廿六

里奧追蹤

在里奧，我所愛的女子，她並不愛我。我開車繞過鬱金香的花塢、晨光的方場，搖落的秋天遠去追蹤，河的上游，我死後的聲名與愛。我開車繞過，隱密的槭樹林，彷彿看見地上鋪滿的落葉，一對戀人作愛留下的痕跡。我開車繞過，荒涼的菊花墳場，河流在左，彷彿聽見一女子的傷心，不知為誰……

在里奧，我所愛的女子，她並不愛我。我涉水走過河中的沙洲，驚起去夏的水禽，終於在對岸的蘆叢，找到她遺落的一只耳環，鬱鬱的光澤，我死後的聲名與愛。

一九七七、十一、廿六

聲影

是那種秋天早晨的慣有的寒暄；他們從室外回來，在單身宿舍的階前與我不期而遇：女的手上捧著不久前摘來的一束花，男的臉上露出年輕男孩特有的，因花而略帶靦覥的笑容⋯

是那種秋天早晨的慣有的寒暄；他們從遙遠遙遠的城郊回來，手上捧著一束花，在陽光零落的階前與我擦身而過：

花落一地我急急回頭
發覺自己再次站在一堆迅速凋落的聲影當中

我愛你，但
我將永遠無法原諒你。
我將繼續去愛你，雖然我已不知——
愛是什麼⋯

我已歌唱過愛情

我已歌唱過愛情——
如今我將保持沉默。
喜悅以及悲傷，我已經為她
啊，浪費掉我的一生
（在旅人休息的樹下，我躺著，與我不再詠嘆的七弦琴）

我已歌唱過愛情——
還有玫瑰、紫羅蘭、鬱金香的真理
但是為她，啊，單獨為她
我預支了我下輩子的愛情
（春天，落花，carpe diem
在旅人休息的樹下，我躺著，與我不再的七弦琴）

我已歌唱過愛情——
如今我將長久保持沉默。
喜悅及悲傷——除非
大陸淪陷成海，海
淪陷成荒原，荒原
開出玫瑰而她向我走來——

我將，啊，永遠不再復活
（春天，落花，carpe diem
在旅人休息的樹下，我躺著
我不再沉吟的愛情，彷彿在她的花園中⋯）

一九七八、一、廿

告別
之一

a.

在花間
我們常去散步的那條小徑
春天已頹然倒下了
泥濘的夏雨匆匆進行著什麼：

許多美好，
許多美好相繼凋謝了

而我們的感官
不慣說謊的裸體也開始厭倦於
一襲過份精緻美好的衣服
（我們曾激賞過那份表裡合一的奢華感覺）
我們甚至開始開始厭倦自己了
厭倦花之於花瓶中的一些什麼

相對於我們的愛情
啊，我們顯得多麼有限

b.

溽夏的夜晚，我們的一切正在焚燃：我們的髮，我們的眼，
我們的衣飾與信札⋯⋯
溽夏的夜晚，相對於我們，我們的戀情正在絕望的焚燃⋯⋯
我們的愛——瑪麗安，如何能像羣樹一樣不斷生長，像星球一樣
永恆運轉⋯⋯

c.

秋天已經來了，我看見樹與樹葉那種難忍的分離⋯⋯
我在你遺落窗前的書上讀到這樣一句話：「春天曾經來過

這裡，但不久就走了」。相對於春天，夏天，秋天，相對於所有的季節——我們的愛情顯得多麼有限⋯

d.

在山口隘角，今晨我親見一隊行色匆匆的旅人走過。遠方——我的心迅速越過羣山，已在羣山那方⋯

讓我們動身，離開自己⋯瑪麗安，讓我到遠方去完成我的思念吧！記憶，偉大的記憶與夢想將支持我，然後我將把自己完全的題獻給你⋯

請轉身像我一樣去憧憬背後的遠方吧，而遠方必將許諾給我們更透熟的成長與智慧。

e.

在到遠方去的路上，我將告訴他們：我的名字也叫瑪麗安
在到遠方去的路上，因為你，瑪麗安，我將擁有雙倍的惆悵、喜悅與愛
在到遠方去的路上，因為天空，我將擁有一種不曾真正遠離的感覺……

f.

這樣困苦的
守著冬日的長夜

守著瑪麗安，哀傷而疲倦的
一株夢裡帶淚的薔薇在
一旁醒來

我衹為了重覆
告訴鏡子的那句話
（這將成為瑪麗安，鏡子和我三個人信守的秘密）
這次離開她，就永遠不再
離開她了

一九七七、十、廿七

告別

之二

像激流護衛一片落葉請為我護衛她

因為愛是一種苦難
我加諸於她一如她欣然承受
因為愛是一種宿命——先於愛
先於苦難，把我們的存在放在一起用永恆衡量

而永恆是我離開她、留給她的一片
無盡的黃昏與等待⋯⋯

像激流護衛一朵落花請為我為我護衛她
因為當黃昏遽爾落下，天井
將再也無法護衛她的身影小小
因為當春天轉身背向離開
激流與落花
他的心中負荷有——
一千種難言的傷痛⋯⋯

告別

之三

像無人的夜空永遠倒懸著我們眼淚的池塘
眼淚的池塘儲存著年代久遠的星星
我儲存最後離別的手勢：
等待重逢

暴力與音樂的賦格

——獻給 Jethro Tull

窗影繼續移動，黃昏六點鐘
號角準時從狩獵的林中歸來，銀白色的號角——死去的
男爵將感覺到這些嗎？人聲馬聲
迅速被暮色濾去。因為這是
暴力與音樂的賦格，我隱隱聽見
燭火的運行，半夜敲打棺釘的聲音

我遠遠望見，破曉的墓園草地
有人為死去的男爵重新舉行葬禮
琴弦亢奮而悲傷，那是遊吟詩人的歌唱——

那是遊吟詩人的歌唱；使大陸淪陷成海，海
淪陷成荒原，荒原長出玫瑰的歌聲
暴力的敲打，憂鬱的敲打，號角一樣的
淒涼、哀求與徒然；笛子、三角鐵、電吉他
這是歌唱的一部份，這是生存的
全部——全部的歡樂，全部的苦難
全部的春日，全部的愛⋯⋯

窗影繼續移動，黃昏六點鐘

我坐下來等待，擁抱更完全的死寂。
古堡一樣堅實，死一樣堅實的黑夜就要在
晚禱的鐘聲間飛翔、盪開；但是，愛
請不要顧念這些。時間祇是
一受傷的候鳥，在鐘聲突兀強力的擁抱裡
震落我們愛憐的手中
關於愛，關於時間，請讓我映著火光
為你寫一首歌：
信仰、夢、遠方的文明；讓我的解釋
與短暫的五月，明媚的
五月一致⋯⋯

一九七七、十一、廿七

在馬賽

那是一九七七年快末了的時候⋯

在馬賽的街道上，因為夏日午後的急雨，我急急避入轉角的一間地下室café。滿室妖嬈開放的燈色、音樂與人臉，在我推門進去時，迅速的侵襲了我。我站在那裡——

那是一九七七年快結束的時候，我站在馬賽的街道上，地中海的陽光照滿我的臉龐。為了逃避亞洲的記憶，我已經繞過一個隔世的非洲，無所謂象牙與黃金的海岸，來到永生的地中海。
那是一九七七年快結束的時候，站在馬賽的街道上，我發覺另
一個異鄉人的眼神，始終緊跟著我，像——

那是一九七七年快末了的時候
我伏在桌上讀書終於疲倦睡去。
恍惚聽到推門的聲響，她
走到我的身前，俯身輕吻我的前額然後
再度離去，像一個夢⋯⋯

像夏日午後的急雨，我匆匆避入的一間地下室 café，妖嬈開放的
燈色、音樂與人臉是一面遠遠的落地長鏡，我在其中找到我落
寞的眼神⋯⋯

一九七八、二、十五

詠懷

時日曠廢。我失去了
光影分明的室內
雜亂的陳列，每天早晨
醒來的心情。
「蕪雜的草地，像
一堆待處理的感情⋯⋯」

我枯坐窗前
濃重的遠山，暮色
半壁將遨將翔的天空⋯

時日曠廢。夜晚迅速的落向我
推倒我于一床破敗的夢中。
像一張引向晴空的梯子，我孤獨的失去了
牆以及牆影的護持：
「憂鬱是消沉後的熱誠
關於我的靈魂，請相信
那始終不變的部份⋯」

假如我急急掉落，像一顆星星
掉落在情人離別的夜晚

假如我急急掉落，像一顆星星掉落在情人離別的夜晚
驚起的廣大湖面，湧動的
水月請為我見證
我來不及的哀思像無眠的天空，紛飛的
水禽無數⋯

假如我急急掉落，像一顆星星掉落在情人離別的夜晚
充塞的哽咽的大氣，悲涼的
林風請為我傳達
我來不及的憂傷像溪中的危石，石上的
苔痕蒼然，黯然⋯⋯

假如我急急掉落，像一顆星星掉落在夜晚的地平線
假如我焚落，所有的黑暗與憂傷
像一顆星焚落所有的未來歲月與睽隔——
蘆葦的池塘，漸落的
蟲鳴請為我啊為我解釋
我執意的愛恨像遠方城市，她窗前的燈火
在來世明滅⋯⋯

越過窗外暗雲湧動的天空

因為孤寂，我
接受了桌上的法老王雕刻談論天氣的提議
在冬天下雨的午後
「越過窗外暗雲湧動的天空
越過你們的時代！」

偉大的法老王忽而沉思忽而飛揚
「在埃及——啊，我靈魂的故鄉
我曾暗地戀愛過一名美麗的庶民女子。
那時，當萬里晴空與我的子民一樣低低的
彎下身去撿拾田野的麥穗，在尼羅河畔
我徘徊的腳步頓時失去了方向⋯
作為一個太陽神的後裔，在我的所愛面前
在她的眼中，啊，我命定地祇能徒然照耀
並且在向日葵的臉上埋下我的秘密與愁苦⋯」

「越過窗外暗雲湧動的天空，」我沮喪的說
「偉大的法老王，我如何向你談及我對陽光的記憶？
我的秘密與愁苦彷彿

我們在距離太陽系，距離地球最遠的一顆星上
彷彿我是她所遺棄的，逐漸枯萎的
一株向日葵；彷彿
我永遠是背對著她的雨季⋯⋯」

「越過窗外暗雲湧動的天空
越過我的時代，假如
啊，在埃及——偉大的法老王
我願是你族中每年選出的
純潔無瑕，渴望正義的少年之一。
為了慶祝土地與河流的永恆婚慶，為了
請求太陽神的祝福，在尼羅河畔
我願成為祭典的犧牲與法老王的使者

銜命前往太陽神輝煌的住所
在尼羅河畔，我願一無怨言地躍下刀刃的陷阱以
我的血預言明年的陽光與豐收；我願
啊，欣然躍下除了——
除了在高速的暈眩的墜落中，人們彷彿聽見：
一聲憂鬱的呼喊；一個異國的名字迸自我的唇間……」

一九七八、一、十六

IV.

薔薇學派的動向

薔薇學派的動向

如果她從鎖著的門中進來
帶來一朵薔薇……

倚靠在長夜的黑暗裡，我想像的是
一組若隱若現的幻象
眩目的白銀，一隻隻

膚色詭譎的碩鼠在其間顧盼行走
我想像的是，一組相繼衍生的幻象
一隻隻膚色詭譎的碩鼠轉而
拖著一把沉埋的巨劍在
白晝的大街公然行走
在黃鐘毀棄後的荒涼街道上
我聽見一個虛無憤懣的聲音
說：「在這背後，我懷疑
白銀才是意志而
權力祇是表象……」
如果她像曙色一樣從鎖著的門中進來

帶來一朵園中的薔薇……

倚靠在漸溶的黑暗裡，我想像的仍是
碩鼠白銀巨劍以及那虛無憒懣的聲音
遙遠的城市，詭異的夜空
這一切是否已成為我們文明的一部份？
我想像，鐘被肢解去熔鑄白銀，巨劍
在街頭流浪賣藝；我想像
成羣的碩鼠奔竄過人們的夢中
為他們帶來財富、地位
無窮的災難與悔恨……
如果她像黎明一樣從鎖著的門中進來

為我帶來一朵朵園中的薔薇
如果她們——
她們是黎明為我帶來的
一朵朵初生的薔薇

我將聽見，遙遠
遙遠的城市
偽幣與塵埃一起嘩落在市場上的聲音
我將聽見，旋風中
聖人凝重的聲音：
「吾非斯人之徒與
而誰與……」

一九七八、三、六

黃昏之死

黃昏之死。
一張渲染著罪惡與不安的血影的假面
被遺留在
舞台一角
中央是

重重的薔薇：一張
隱藏在薔薇背後的臉
（我將把我的憂懼傳染給
夕陽和晚風，傳染給——
第一個發現我的人）

這是犬儒主義的春天

這是犬儒主義的春天，我們
把自己藏在一疊乾枯的冷笑裡
攜帶著與愛人走過虛假的花叢
（在利物浦，有人用白色的領帶上吊自殺；可是這干我什麼事？）

這是犬儒主義的春天，我們
半夜醒來，忍不住像一個小孩一樣嚶嚶哭泣⋯
我幾次逗留在 X 將軍的宴會上
謹慎恭敬的揣度著自己的年齡與身份，很快的——
認識了城裡的每一個人

（這是可能的，在中國：我認識的一個詩人把他剩下的人格
賣給一個小吏的職位⋯）

這是犬儒主義的春天——且不乏
牛頭馬面，狗嘴象牙的趣味
我忙著在每本書中塗去令人臉紅的格言
忙著用翻帶貼住每面鏡子受傷的眼，轉身

卻聽到一種疑似犬儒的聲音說：
「兩點之間並不祇有直線，孩子
為了理想，我們忍耐、退讓
退讓，迂迴前進……

（在剛果河邊，一輛雪橇停在那裡——不為什麼的停在那裡……）

一九七八、二、十

我曾在炎午的酷陽下注視

我曾在炎午的酷陽下注視——
自己的影子在柏油路面思考、流淚
中狂行走啊如一座中暑的城市
呻吟於一救火車汨汨的泡沫邊緣⋯
因為這是風中的年代，飛揚的

塵埃在你我的眼裡
釀造眼淚。黃昏的時候
我站在大廈窗前，看見
一大群人像我一樣

拖著一具無用的肉體匆匆行走
黃昏的時候，由於對整個現實的不滿
我自覺彷彿在古代的大漠踽踽獨行
塵埃飛揚，我彷彿一名遭貶的罪臣
在古代的大漠踽踽獨行⋯

因為這是風中的年代，我在風中
垂首、流淚；「即使
聖人再現，亦無法解救

我迫急的悲苦……」

我曾在烈烈的酷陽下注視——
自己的靈魂蒸騰、發散一如空際的藍煙
百草千花寒食路
香車繫在誰家樹
因為這是信仰匱乏的年代
我中狂行走啊一如古代的聖人：
一座中暑的城市呻吟於救火車汩汩的泡沫邊緣……

一九七八、八

雨日，女人No.12與35

人間秋涼，雨日的
薄暮不免有些感喟
徒然的立在回家的站牌前，看
施工中的對街大樓，在微雨中
一盞盞水銀路燈寂寞亮起
二三女子在一場黃昏雨中盛裝獨行

緊抿著紅唇趕赴人生的約會
在聖人不復的紅磚道上，我覷見
有人低頭抽手上的 Kent 牌香菸
歲月的驚愕與虛偽一如
嵌在無名指上的大粒鑽戒
在雨中淋漓發光

祇一夜那人須髮盡白，我
失落在路旁的朝代間，充滿了不合時宜的胸懷⋯

城市的夜是激烈的搖滾在遠處爆發
我在霓虹的滿空紅雨下為櫥窗的星星所射殺
世界在一海變中向下沉淪

直到惡夜的中心
有人彎身撿起一支口紅
我發現我們的城市祇是
被丟棄在路旁的
一截再也點不燃的煙蒂

晴日，女人No.12與35

當黑夜在巷口轉角消逝的時候
陽光有一種姍姍來遲的氣味，在落地的
玻璃窗外，在對街的樹叢與
停放的汽車之間
一個女人，叫賣
包子饅頭的鄉音

映在門窗上的人影繼續前行

坦蕩蕩的和風拂枝，隔牆
花葉落了一地
午夢初醒時，在未來
的日子與逝去的日子中間
兩個無人認識的女郎
走過站著綠色郵筒的街角

荷花荷花幾月開？
三月開。
三月不開，幾月開？
三個放學女孩往前跑

紅帽子、黃書包以及白襪子
編結的髮辮在青空下飛揚

但聖人之道實未有
一天行於世上

書包

書包掉了。在回家的黃昏途中。
我像一個大人一樣在
流動的燈影，混亂的街衢上無目的地行走
忽然發現——相對於書包
課室以及校園構成的世界，我正被高速
拋進我的未來，手上握著

半截發黃的月票。
我看見——
一個被遺失在百貨公司六樓的
孩童，充滿驚惶、恐懼的小臉像
一張被揉皺的紙團，斷續的哭聲
迅速被洶湧的擴音機與人潮淹沒。
我看見，一個端著掃刀的大漢如乩童一般
在鬧區的街心中狂行走，沒有人敢接近，當
一個形色腌臢的人從暗中走出，抓住我的手
要我跟他到一個地方去。我看見
帶鐵面的工人在路旁的工地操作氫氧吹管，引起大火
高架的巨幅電影廣告在人羣上方停了一秒，猝然倒塌
我看見——滿街奔跑

許多焦急的父母紛紛尋找
他們二十年前遺失的小孩
我陷入——
一個更廣大神秘的世界：彷彿站在
華西街的一家蛇店面前。殺蛇者
從萬頭攢動的蛇籠中抓出一條昂首
吐信的大青蛇，在一番喃喃之後
讓那蛇團團纏住他的整個身體⋯⋯

（在變動的事物中心，窒息的高速流失裡我緊緊的握住自己，
看見人羣、車輛紛紛從我的眼前向四面八方流失，我緊緊的握
住自己，在無數車輪的遷徙以及反射鏡的光速相乘裡，我已然
成為急逝街景的一部份⋯⋯）

書包掉了。我像一個大人一樣頻頻回首
去注視歲月的迷途，眼中充滿迷惘的燈色……
我忽然記起自己應搭乘三十路的藍色巴士回家；
卻再也尋不到搭車的站牌。
我繼續前行，走過打烊的街市
來到一家燈光暗淡的打鐵店前。
我看見一位須髮盡白的老鐵匠正在打鐵。
我看見，他從風箱中抽出一片殷紅的鐵塊
置於鐵砧上用力鎚打；我看見
那片鐵塊在苦痛中發出一種低低的呼喊
我看見它在苦痛中默默接受了

命運的安排，被打造成型——
——我驚呼坐起，床前書包中的詩集
掉落一地⋯

一九七八、十一、十一

四月四日在基隆

令人感動的：那些低矮的屋羣（在一條窄窄的街道上）馱著夜空探向三星的姿勢。我們站在他人的屋簷下，看著隱約可見的屋脊在黑暗中延綿而去，伸手可及的屋頂上錯落的壓著磚頭和站著一些仙人掌盆栽。假如有人從屋內走出來，我心裡想，正好可以看見三星在戶⋯⋯

轉念之間，我以為，這就是我們共同的身世了。燈火在屋內亮著映出古老的雕花窗櫺，我們站在低低的屋簷下，多像遠地來的，近鄉情怯的旅人。燈火在屋內亮著，隱約可見的屋脊在黑暗的背景中延綿向前，三星在戶，我們的身世——我們可敬的祖先遺留給我們的是怎樣的一種共同的身世？……

站在那些低矮的屋羣中間，我們的身世如遠處海岸在黑暗中不斷洶湧著。愚昧、無知、以及苦難……貧乏、艱難、以及不屈……我們的祖先，我們大部份不識字，可笑復可敬的祖先在我們身上烙印下他們巨大的影響；他們要我們站在這裡沉思默想，像這些古老屋羣緊緊的比連在一起生存在一起，馱著夜空探向永恆的三星。是的，他們要我們站在這裡，馱著過去，探向未來……

啊，我的祖國是一座神秘的電台

站在盆地中心的一條大街，當
暮色再度降臨，窮途
頓然失去了方向
在城市錯亂的頻道外——
啊，我的祖國是一座神秘的電台
恆以它惡夜的音色

淒厲的河山
超越冥冥八荒，遙遙招我

彷彿來自台拉維夫，一名
心存古邦國榮耀的猶太先知
午夜顯現于紐約的機場，高呼：
「聽哪！
啊，以色列人！」
我站在有著奇異燈影的街頭，當
夜晚來臨，以為聽見了——
我的祖國在遠方
遙遙呼喊他的子女的名字

超越冥冥八荒，超越

這看似新奇卻紊亂的年代
我的祖國也曾是一座散播歡樂的電台
穿過海峽，帶來最後的勝利與
海島的重歸大陸懷抱。
站在盆地中心的大街上——
啊，我的父母曾聽見那神秘的鄉音
一如我現在親聞的並無二致

超越邈邈八荒，超越
海峽上空封鎖的大氣
如今卻是一種充滿艱難與憂傷的
音波的航行；血與淚
在惡夜的聲爆裡迎風噴灑

（淒厲的山河是唯一的見證與回響）
在到達半途之前
啊，已成冰冷⋯

空立在大街上，當
夜晚遽爾來臨，海峽在黑暗中洶湧澎湃
城市在它錯亂的頻道中自淫的呼喊自己的名字——
啊，我的祖國是一座被暴徒攻佔的電台
工作人員悉數就戮，喋血鸚鵡的
聒噪代替了人類的聲音
空立在大街上，
「聽哪！
啊，中國人！」

我以為我聽到了血泊中
那播音員臨死的迫切呼聲
但人車喧騰，那祇是——
失落在市塵中的
山河含恨……

第一研究室冥想賦格

a.

黃昏七點鐘——城已淪陷，整個民族底心在
時針與分錯的無助擁抱裡痙攣，開始——啊，難忍地滴血⋯⋯
黃昏七點鐘——城已淪陷，血洗的河流奔過
我的窗前。我含淚看見

中古史的老教授自沈荷池
專攻文藝復興的年輕助教跪倒在
敵人呼喊暴力的槍托刺刀下凌遲受死——我含淚看見
不可辨認的火光人影，浴血的學院長廊
彷彿有人高呼，飲彈，倒地⋯⋯

黃昏七點鐘——城已淪陷，血洗的河流寫著
眾多親人師友的名字。我守在第一研究室的書架後
繼續閱讀：一七七〇年到一八三一年的德國哲人
弗烈特李希・黑格爾

b.

一九七〇年的春天在貝登車站，我聽見下面的談話：

“Où allez-vous?”

“Á Riga.”

“Ètes-vous français?”

“Bin gar keine französisch stamm aus China, echt Chinese,”

一九七〇年的春天我進入里加大學，專攻比較史學、兼教中文（一）

課餘在租賃來的閣樓上，一個人試著把自己的詩集譯入德文。

春天快末了的時候，我在中文（一）班上教了幾首古詩…

春天快末了一個下雪的早晨，我突然有在X星球教咸信已經死滅的Y星球文字的感覺……

在無知的苦難與有意義的犧牲間，詩對我來說多麼雷同於一九七〇年，在歐洲的一名中國留學生之死……

C.

黃昏七點鐘——城已淪陷，我在血洗的河流上讀到瑪麗安的名字：

在舊金山的唐人街，瑪麗安，我們正在一家小飯店午餐，當兩名穿著毛裝的中國人推門走了進來。不安的低下頭，我祇顧繼續用飯，你卻站了起來用流利的家鄉話招呼他們。我不懂你的家鄉話，無法聽懂你對他們說些什麼，而兩名大陸來的中國人也始終未見有過來跟我們一起用餐的意思。延續整個午飯的時間內，我一直揣想，瑪麗安，你可能說了什麼；直到那兩名中國人最後推門離去時拋過來一束沉默的注視，我才迅速領悟到你事實上並未說了什麼。是的，極可能，你祇是說了「過來呵，這裡有位子」類似的話，但你們共有的，微妙而溫暖的語言已為你說了一切……

d.

但是瑪麗安——這一切背後是否可能強烈的暗示：現代史的教授已然出賣了我們……

「這是一個完全現代的支那都市
假如您要參觀五〇〇〇年的歷史文化
請搭乘光華巴士十路到外雙溪。謝謝。」

單獨歸來的夜裡，走過多風的空地
我聽見遠處的停車場上，昏黃
的燈光下，幾輛破舊的藍色巴士
正圍在一起私語：
關於這個沒有臉的城市⋯⋯

e.

一九七〇年在里加，我最關懷的——

瑪麗安，並不是詩，而是歷史。
為了了解俄國，我仔細的閱讀了普希金的全集
因為相對於黑夜，瑪麗安，他是俄羅斯的早晨……

一九〇年在里加，瑪麗安，我同時想到了
我們文化的早晨
何其遙遠而何其輝煌
是的，相對於黑夜，屈平是我們的早晨
我們輝煌的苦難與歡樂的開始
在他之後，瑪麗安，我們對黑夜
對苦難的反抗——
啊，一切歌唱
方屬可能！

f.

黃昏七點鐘——城已淪陷，血洗的河流寫著眾人的名字：

在抗暴的游擊山區，在抗暴的游擊山區，瑪麗安，我的詩行終於達到了它平日所欲企及的精確與濃縮，我的詩行藏在我欲以身殉的短槍鞘裡，假如我死去多麼像我身上遺留的三個傷口：「愛」、「自由」、「祖國」……

但是瑪麗安，請讓我緊記：不論如何，血仍是真理最壞的證明。瑪麗安，你相信黑格爾所說的：宇宙的、歷史的絕對精神嗎？不論如何，在歷史長長的辯證過程裡，在無知的苦難與有意義的犧牲間，瑪麗安，至少我們可以依賴詩，依賴詩的正義與引導。詩一直多麼雷同於，我們學院圍牆外那位忠實的賣花婦人——詩一直是我們每天早晨必經的，靜默美好的露華。在我們身處的喧囂的圍城中，最最靜默美好的露華……

g.

黃昏七點鐘　城已淪陷　血洗的河流寫著我的名字
花瓶濺裂　書畫燬焚　我死守第一研究室的窗口
夢見學院在苦難的鬼雨中　伸向天空的窗口發著光

瑪麗安　你猶記得嗎「貢獻我們的學院
於宇宙的精神」　瑪麗安　在海一樣洶湧的苦難年代
在我們身處的喧囂的圍城　火焰的圍城　我們的學院
貢獻我們的學院於宇宙的精神

一九七七年八月

V.

彷彿在君父的城邦

彷彿在君父的城邦

之一

彷彿在君父的城邦，午後竟有劍一樣的
光芒兀自閃耀。玉珮
風響，我兀坐
而起——聽見室外越過天空
激鳴而逝的馬嘶

這就是了——在古代，
被遺忘的河邊，我們將加倍尋回與失落
——一如在詩中——我們失去的一切。
我背坐水涯，夢想河的
上游有源遠的智慧與愛
夢想河的上游，龍族
方在平原上定居，幼麟奔過
君父的夢中帶來了美麗的器飾文字，
玉的象徵，大地與國人的永恆婚慶。
我背坐水涯，沉思夢想：
沉痛感慨的詩行啊，我是我

我不是我

我不是我——長夜裡
我目睹我在長夜裡牽馬行走
衰世在前，亂世在後
獲麟以前，我在傾圮的宗廟
沒落的朝代間牽馬行走
徘徊尋找住宿的地方

（在昔日的河上，夫子，在晝夜滔滔的雄辯裡，我的懷疑是中流最沉默的一塊磐石；我的懷疑是晨草上閃爍的霜露——唉，我一夜思維罔然的結果⋯⋯）

我在萬古的長夜裡牽馬行走，徘徊尋找住宿的地方
越過焚殺的秦火，我默然預見了
門人在夫子左右的崇位；我默然預見了
書籍的命運，未來世代
束髮學童弦歌背誦，夫子話語的泉源與無窮腳註
我親眼默然預見了這些——遙遠遙遠的事
我，一個政治流亡者與歷史
命定論者，在長夜裡牽馬徘徊
憂憤在前，苦難在後⋯
（坐在桌前沉思這些，歷史相對的祇是午後窗前紛亂的光影，
穿過重重死者虛無憤懣的臉，落在一部攤開的編年紀，落在我
的桌前。憂憤在前，苦難在後——相對於歷史，沉痛感慨的詩
行啊，你是什麼？⋯）

宗廟相繼傾頹，朝代陸續誕生
我坐在被遺忘的河邊，目睹
另一個自己在長夜裡牽馬徘徊；
我背坐水涯，夢想河的
上游有不朽的智慧與愛
（那是，啊，我們長久失去了的君父的城邦）
我背坐水涯，觀望猶疑：
沉痛感慨的詩行啊，莫非你就是我在詩人額上見證到的
一種顛沛困頓的愛……

（一九七七年冬天，死者行列中，一貫的靜默是可畏的。他們
在我的夢裡缺乏表情的傳遞火把，且把那支巨大的火把強行塞

進我的手中……）

宗廟相繼傾頹，朝代陸續誕生
我背坐水涯，沉思玉的象徵，劍的
光芒，以及麟的存在……
沉痛感慨的詩行啊，假如歷史是你，你是
歷史——則玉珮風響
我親耳聽見的是怎樣的一種馬嘶
激鳴越過室外的天空……

作於一九七七、十二、十二

彷彿在君父的城邦

之二

十九大雪。

祇是一陣焦急落寞的黃昏雨
兀然自蕭條的異代奔沓而來。
從窗前望去，園中
風荷殘若午夜的遊魂，斗大的

雨滴裡我依稀看見：
那人蒼涼的身影
一閃而逝

他除下簑衣，把沾雪的
笠帽置於桌前（我可以感覺到
那背對著我的風雪與憂患）
說：「日月于邁，你們
是否漸已忘了那江雪的故事；忘了
悠悠千載，啊，那獨釣的
遺恨⋯

「日月于邁而千古江雪未溶，你們

當還深記那渡江之日，枕藉的
屍骸曾是多少故國衣冠
血流川谷，交錯的骨肉
憑誰問君父遺物與昔往盛世
雨雪霏霏，雨雪霏霏
侵據了大地的版圖
漫漫江雪，君父的城邦就此
永淪其中⋯⋯

他背手在室內踟躕，沉重的
步伐我不知如何衡量；在
窗外風雪激昂的呼聲中依稀是
簍中水族的低吟：

「噫，君父的城邦與乎故國衣冠，在
茫茫釣絲下多麼像一片
破碎而真實的幻影——經歷了
滄桑變化，又以那再生魚龍的
愛情與繁殖默默感知我
導引我⋯

「嗚呼，千古冰雪未溶
君父城邦未復，我如何
把我未酬的志願遺留給你們⋯
請解除我
獨釣的遺恨⋯

他始終背對著我。像高亢的歷史
在窗外玉碎成一陣焦急落寞的黃昏雨。
像——遙不可及的國土上
無始無終的大雪下著……

一九七九、二月

彷彿在君父的城邦

之三

再一次江山寥落：
玉碎的聲音從迴廊那端
應聲傳來。飛簷蒼老
無語欄杆
日暮的時候，漢宮
無人（輕煙散入

遠方的人家）
徘徊彳亍，彷彿是
秉傳蠟燭的宮人
百代之後，悄然獨行

世事殘陽外，我也曾因言賈禍
憤懣賁張一如太學裡的羣生
登高望遠，感懷慷慨
在現世的歡愉與
歷史的愴楚裡：恰似
沒落的樓牆楹柱被
俗豔的紅漆掩蓋
千載後，市井傳來

是誰狂狷的歌哭，呼嘯
大醉而去
千載後，萬里
空晴的高速道旁
我親睹那人，靜靜俯身于駕駛盤前：
莊生曉夢
迷
　蝴
蝶
……
歲在戊午
西元一九七八年的暮春，他們在東都

大興土木，構築豪華的飯店旅館
但是當我想到，淒涼
破敗的西京啊
猶在重重的火獄中……

莽碭山！莽碭山！
建國前夕的長夜，斬蛇
開徑的傳奇竟暗寓著
歷史的永劫回歸
白帝子啊白帝子
當你屈服於寶劍下，身裂為二
我彷彿目睹你森冷的眼神
暗示著即將到來的

永恆的劫難⋯⋯

世事殘陽外，我也曾專心致志
意欲成為埋首古文物的一名故宮研究員
百官之美，廟堂
之富，在零亂的
劫灰之餘，何以
重鑄邦國的大鼎，重拾
茫茫的墜緒
世事殘陽外，我也曾啊也曾
描繪商鼎的繁文美采
印證先民之志若存若滅
歷千朝百代而耿耿長存

頹牆敗垣，玉碎瓦全
他們在熊熊的火獄中
挖出了古代的君父城邦

飛簷問天，欄杆
幽泣，他們在
永恆的火獄中開始了
文化重建的工作⋯⋯

VI.

蕨田間的旅程

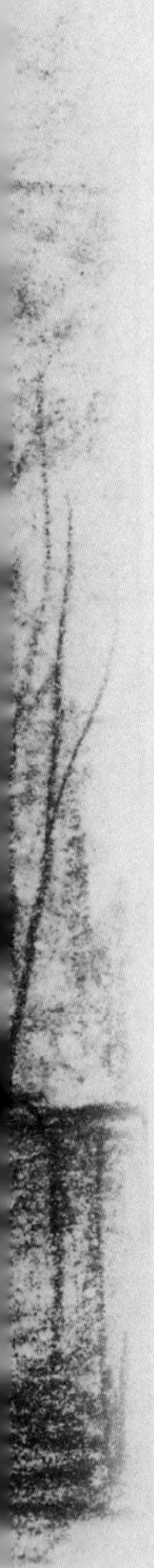

蔗田間的旅程

a.

那年大火燒夷了
羅東肥料場附近夜戲才開鑼的戲園（焦土中
挖掘出來燒爛的戲衣與數具未及下粧的屍體）
隔壁失業的秋叔單車從遙遠東部

經臺東過恆春回到嘉義
佇立在多年不見的家門前，遲疑叫門
巷內羣童在午後陽光中追逐嬉戲，彷彿是
昨日的事

彷彿是昨日的事，那台吱呀作響的
腳踏車整個夏天潦倒的停靠在
兩家共有的院落，雞棚一旁
我幾次夢到父親回來的消息
看見他翻越短籬而入
母親房內的牆壁上掛著他家常的衣褲
他最後的衣褲掛在內屋的牆上

我不斷夢見色彩俗豔的
野戲臺上，黯淡的面容浮沉上升；
遙遠的火場，秋叔
騎著腳踏車從濃煙中衝出
我在夢中努力辨認著他的臉
忽而夢見——秋叔就是父親，佇立在
暌違的家門前，從千里外趕回來
報告自己的死訊……

彷彿是昨日的事，我的母親
聆訊暈倒於大廳供桌前
彷彿是昨日的事，我的母親
我的永遠年輕的母親

黃昏時，含淚把我
從羣童的嬉戲中召回
在早已生黑的廚房內
我們面對面
默默的吃著清粥和醬菜⋯

b.

總是戶牖上朦朦朧朧的半夜
我的母親把我從積滿
尿意的睡夢中搖醒
要我陪她前往，常年刮著
海風的海口小鎮去找父親
總是惺惺忪忪的揉眼，點頭

說好，等我從屋後小便回來
天已漸白，我才清楚看見
穿戴整齊的母親，楚楚可憐地
蹲坐床前，為我換上難得一穿的新衣新褲

c.

我們總是搭五點零三分南下的慢車，在隆田
轉清晨第一班糖廠小火車直達海口
多少年了，我仍記得
晨霧包圍的糖廠車站幽微暗淡（經年
累月的漬痕在牆角與
地面隱約可見）

陸續來到的鄉民攜幼扶老
聚集在祇有一條長板凳的候車室默默等待：
天光漸破，單節車廂的小火車
升火待發

多少年了，我仍記得
那人咿呀拉動剪票口柵欄的聲音
（總是同一個
穿鴿灰色工作服的中年剪票員）
風塵僕僕的舊車廂，膝上抱著
大小包袱、手中緊握車票的蔗農蔗婦
緊裹在頭巾布袖內的身體
因長期勞動而顯得瘦小乾枯

我記得，晨光
穿過車窗照在他們臉上
黧黑的黃皮膚發出靜謐的光澤
他們相互交換簡單話語，雙手
安祥放置膝前，偶而露出的手背
如樹皮般枯皺而長滿褐斑
當晨光不斷在車窗間移動，空氣
逐漸變熱
小火車孤獨的在大塊
大塊的蔗田間奔跑，汽笛
發出長長的鳴聲，晨霧散盡
當迎面的陽光與風似乎有一種
從未來歲月傳過來的

隱隱的歡呼與肯定
（那是混合著大塊蔗田
以及人體汗酸的莫名氣味）
我發現，自己的小手在母親
大手的緊緊擁抱裡……

d.

彷彿又回到舉目無親的下港街道：
我的母親與她新買的琵琶
第一回到她的福州琴師家裡去學藝
彷彿又回到運河旁的小巷
北部來的母女二人，相依在異地

度過最初的慘淡日子
（在租來的木板小屋裡，她們
供奉著一座家鄉遷來的小泥塑）

我的母親每日黎明即起
親侍病榻上的祖母，在熊熊
爐灶旁端坐操琴練唱，隨即
步行至數里外的製糖會社，賺取每日的工資
（在南臺灣的雨夜，在
租來的木板小屋裡，我的母親
守候終宿，接屋漏的大小容器們
伴著她，在黑暗中淅瀝……）

彷彿又回到，艱苦坎坷的戰前歲月
當時代曲在手轉式留聲機上流行
我的母親卻在酒樓的燈影管弦中
默默的學習，接受冷暖的世故人情

南管啊北管，宛轉
多折的唱詞中，是否也有
與她雷同的身世？
（五指撥弄著昔往琴弦）
十歲喪父，母病
長年在床；為了
償還父債為了
不辱家門

她遠適異地，在舞榭
歌臺間討取生活

五指輕弄著昔往琴弦
在我童年的夏夜，當
玉蘭花在母親窗前盛放，新點的
一炷香明滅在
廳前供桌上
（宛轉多折的唱詞
塵封於昔日
賴以營生的腳本裡）
琵琶是母親的身世：
啊，我幼小的心事

e.

海風刮著
在旅程的終站，正午嚴酷的
太陽底下，我們是一對
被暴曬於街頭的母子

海風刮著
在海口，那祇有一條長街的小鎮
空氣中充滿刺鼻的腥味與鹽份
我們在兩旁植有木麻黃的砂子路上行走
穿過一座廢棄的平交道
一排收割後的蔗林

小廟的飛簷
喧天的鑼鼓拍打
空氣中的陣陣熱浪
我們即將見到
久未返家的父親

f.

喧天的鑼鼓拍打空氣中的熱浪
在色彩俗豔的野戲臺上
在衣飾綴有金片的反串小生旁
母親遙指——一張油彩瀾漫的丑角面孔
那就是我幾乎無從辨認的父親

那就是我幾乎無以辨認的父親
油彩掩蓋下的面容透露出
長久縱情聲色的疲倦
豔紅的嘴唇，腫脹的
身體及粗俗嘎啞的嗓音
當夜晚來臨，他蹲坐在鎮上戲園後臺
在傾倒的戲箱間賭牌九、擲骰子
喝大碗的麵條

在擁擠的人羣中，我畏生地
緊立母親身旁，看著
在遠遠戲臺上，陌生的父親

g.

當夜晚來臨，木麻黃的身影
在砂子路的兩旁交錯迤邐
父親騎著秋叔的腳踏車
載我與母親（一路
發出吱呀作響的聲音）
循原路回到鎮上的車站

坐在腳踏車後座，在
父親與母親的中間
幼小的我可以感覺到

母親深鎖的雙眉，與
凝結在空氣中的
父親沉默的歉意

當最後一班小火車升火待發
入夜的海風發出，比汽笛還大的響聲
父親似乎再度對母親承諾了一些什麼
孑然站立在離別的月臺上，雙手
插在老舊無奈的褲袋內
當小火車緩緩鳴笛開動
他轉身背向離開
我似乎看見了母親眼中的淚光⋯⋯

h.

那年年末燒燬的戲園在舊地重建
（在我與母親從未到過的濱海小鎮）
大哥從軍中退役，二哥
在神具雕刻店的學徒生涯也告結束
母親仍延續日常
養雞和幫人洗衣的工作

多少年了，我記得
絲瓜架下的舊院落，火雞聲絡繹於途
母親傾身在抽水機前洗衣的背影，佝僂

沉默
那濁臭薰人的雞棚
挨擠在籬圍旁
混合著羽毛的雞糞層層黏附在
雞棚的柵欄上；多少年了
收集雞糞的婦人總準時
在午後五點來到
當玉蘭花在午夜的庭前播香
幼年多病的我退熱醒轉
在昏黃的燈泡下
模糊的感覺到
母親探詢的手⋯

多少年了，我仍記得
大哥二哥結婚之日
母親臉上蒼老的笑容
（在夢中，我彷彿又回到
植有木麻黃的砂子路
父親載著我們，一路輕快的
駛過兩旁的樹影，迎面
海風散播濃濃的野花香）
我們貧寒的家庭慢慢
開始有了新的光采
我卻再也未能聽見，母親的琵琶聲⋯
我卻再也未能聽見母親的琵琶聲

多少年後，當我重歷
屬於童年的，秘密而感傷的旅程
當小火車孤獨的在大塊
大塊的蔗田間奔跑，汽笛
發出長長的鳴聲，晨霧散盡

當迎面的陽光與風似乎有一種
從遠處大海傳過來的
隱隱的歡呼與肯定
有一刻，我似乎尋到了
（在大塊大塊的蔗田之間）
那虛無縹渺的琴音
那屬於母親，也屬於
人世辛酸的
甜美宛轉的琴音⋯

作於六十八年四月—八月

以今天看來，這本奇書看似架空，卻以更漂亮的身姿，折射出寫作當下的現實感。城邦關乎蜃樓，君父映襯蕩子，以辯證性的眼光去讀它，將格外有意思。

最後，在兩個大詞之外，我想提醒讀者注意「彷彿」（竊疑他是「彷徨」之表弟）的感覺。「我夢見…」「我也曾…」「我彷彿看見…」的語態，使他迅捷地切入如狂似醉的非常狀態。再用魔魅的「聲音」，穿越古今，彌合真與幻的裂痕。彷彿在君父的城邦，彷彿在青春蕩子的蜃樓…。

且善於從詩的上游著手，建立一些大概念來統攝個別的詩篇。但有時在意念的串連上，未必十分圓潤，只是暫時被強力的音樂接合起來。而讀楊澤的樂趣，也就是在他青春的遺址上，接住許多「待續句」，玩賞那些充滿生命力的破綻與靈光。

事實上，藉由誇張的抒情語調和角色扮演，楊澤完成了他的追尋傷悼，似乎也送走了青春昂揚的 1970 年代。詩化的先秦圖象，暫時填充了年輕人的烏托邦衝動。這些作品蘊含著彷徨與憤怒，因而飄著濃濃的青年性。「復辟」其實是一種逆向的革命（不等於反革命），雖身陷「現在」卻願意隸屬且忠於「過去」的情懷。由此說來，遺少作為抒情主體，其實蘊含豐富，並且充滿張力。而此集也就是埋著古老記憶的年輕心靈，澈底「追憶」下去的痕跡。

但「遺」也是會推移的，一如青春，一如歷史，一如理念。說來與楊澤具有必然關係的，是「1970 年代末的臺灣」，而非「先秦圖象」。雖然當時楊澤把前者稱為亂代贗品，而把後者視為理想版本；但我們也可以說，騷動昂揚的前者才是血氣所在，後者僅為符徵衣冠。所

居然沒有腐味。至於「我的祖國」與遠方喋血電台的嫁接，先知語式之模擬，猶太古國之類比⋯，根本解構了中國圖象，重新加以感官化。——好看的「遺少詩學」，自當充滿唐突、衝激、血氣的力量。

6

「彷彿在君父的城邦」三連作，展示了一種文化上的鄉愁。正如〈蔗田間的旅程〉，試著填補鄉土上的鄉愁。前者所謂「君父」，其實並不在場，像是從書裡浮出的巨大幻影。後者裡的鄉土「母親」，血肉鮮明，彷彿以一種無言的姿勢印證了君父城邦之虛妄。即便是在鄉土，「父」也只是個飄忽浪蕩的存在。這首長詩在整本詩集裡，似屬另類，但也因此飽含著自我批評的意義。在地母的面前，那些意象體系（城邦、薔薇、遺民、浪蕩）都更像是夢了。

今天看來，這本詩集可能壓縮了太多東西，像一個資優生太快搞定繁難的課業，只能坐在一旁閒耍⋯。跳級而作，不免龐雜躁進，又有些破綻。楊澤「工於發端」，呼嘯的街上，「中狂行走啊一如古代的聖人」。——在這本詩集裡，經常突兀地出現「聖人」和「孩子」，也許兩者之間有些微妙的關聯。〈雨日〉、〈晴日〉這兩首連璧之作，「聖人」又跑出來跟女人 No.12 與 No.35 搶戲。人間秋涼，城市豔裝，詩人忽然對「失去的樂土」生起了鄉愁。

〈書包〉可以說是展示「小孩價值」的一則寓言，再數年後乃有夏宇的〈小孩（二）〉。純真的小孩加入大人社會之過程，正如聖人要迴轉世界，那樣艱難（或許聖人也不過是個老小孩）。而在小孩書包裡祕藏的，則是詩集。——由此看來，青年楊澤根本做了一場大夢，他真正知道的是詩與愛情。但在夢裡，聖人與中國都被「詩化」了，倫理價值被轉化為美感；或者反過來說，詩性身體穿上了城邦的冠冕，而有了自我提拔的快感。

楊澤對於這種「錯置」應頗自覺，且善於製造荒謬的美感。即便是在深情嚴肅的詩篇裡，他也常會安插一些怪異的意象。或把眾所熟悉的前景，嫁接到一個遙遠陌生的背景上去搬演。也正是這些擾動因素的存在，使得詩中盡管充斥著古雅語和崇高語（啊，發光的愛），

已經並置了「無政府主義的肉體」與「人類歷史的鬼雨」，而統歸於詩的悲哀。「薔薇學派的動向」一輯，更為集中地思索兩個系統的辯證離合。當黃鐘被肢解去熔鑄白銀，碩鼠橫行，薔薇將是可能的救贖——愛情雖無關宏旨，卻以其純淨、堅持、激昂成為城邦價值的替代品。聖人生此惡俗之世，也只能遁入薔薇學派了。所以，浪子跟遺少說，浪蕩頹廢也是復國的方式吧。

這裡有幾首詩即在描述碩鼠白銀巨劍，邪惡的今代。其中〈這是犬儒主義的春天〉，更是直接採用一種指斥的句法，揭露「世故」的構造。他模擬了犬儒式話語：「兩點之間並不祇有直線，孩子／為了理想，我們忍耐、退讓／退讓，迂迴前進…」。詩裡的「我」，偏偏是拒絕迂迴的「孩子」；假如他持續下去，終將進入〈在畢加島之二〉的處境，被「胖子傑克」施以鎖頸十字固定技。年輕時叛逆過的犬儒很快融進新朝，而遺少還念念於他的復辟大業…。

彷彿擁有某種奇特的器官，詩人經常產生「時空錯置」的幻覺。〈我曾在炎午的酷陽下注視〉慨然視「現時」為讎寇，滿腔孤憤，陷入一種被貶謫的心態。在救火車

神話，是一篇豁出去的情詩。「但是為她，啊，單獨為她／我預支了我下輩子的愛情」，這裡有一種濃縮，以及毅然決然的頹廢。〈暴力與音樂的賦格——獻給 Jethro Tull〉則為前詩之變本加厲，愛情詩的冬天模式。失落愛情的人彷彿困在死寂的古堡、墓園裡，絕望地自悼。其間運用了急促的敲打，模擬了死亡（愛情的對立面）的橫暴。這兩首詩都是「愛情遺民」的超級討拍文，翻成白話是這樣的：妳抱抱我，我就會復活。

楊澤的詩富於神話性，同時形成一組有趣的對比：追女孩的時候，即借道西方的城堡、騎士、薔薇，而不穿唐裝、呼喊洛神；表達文化鄉愁、國族憂患的時候，才會取次舊邦，懷想白帝的寶劍、廟堂的大鼎。嗯，父親之不同於馬子，這道理是不必多說的。遺少拜完「衣冠塚」以後，還是得打回原形，來當無君無父的可愛禽獸。薔薇雖因時而萎，究竟比玉珮飛簷更富於汁液。

5

薔薇與城邦同時湧現，又將如何？〈在畢加島之一〉

這裡有好幾首詩環繞著「告別」而展開，薔薇與城邦同為失落物，詩即是一種挽留。楊澤情詩的重要技巧，是把一個重大的瞬間加以「空間化」，再安排一段旅程，出入其間。用想像的「未來－遠方」裝飾「此刻－這裡」的愛與不愛。如〈告別之一〉，便在季節遭遞間鋪展了去自我放逐的想像，從而完成一次分手的演習。我想，屈平的大抒情詩也是如此，在那個創造出來的高品質的「空間」裡，心被放大了，事被延緩了；情像畫軸一樣攤開，可被細細玩賞。

此外，還有一種寫法是以巨浪拍岸的句式，強力詠嘆。比如〈假如我急急掉落，像一顆星星掉落在情人離別的夜晚〉，就像要不到糖的小孩在地上耍賴，反覆喊著幾句話語。在這種詩裡，聲音的妖魅挾持著意義，橫飛暴走，勢不可當。但他的「迴旋反覆」有時用得太頻太急（如〈告別之二〉裡的「因為」），以致於在詩意上還沒充份經營，就繞回來了。這種迫促感既反映詩人之不肯「心平氣和」，也構成一種獨特的魅力，或說是不成熟的任性之美。

經典級的〈我已歌唱過愛情〉，運用了 Orpheus 的

瞬間迸發與密集敲打。它們繫於「當下的感慨」，常從眼前景出發，漸漸導入心中事，迂迴數次，越鑿越深。這一類詩，也不太依賴戲劇性或敘述性，但多了一種推演辯證的性格。（楊澤有一絕技，曰「雄辯中的抒情」，大抵也就是經由向內冥搜，向外鋪陳而達成的。）蕩子遺少（他向瘂公學蕩的部分，這裡就不說了）著力蒐集了古今秋懷——屈賦、碑帖、杜詩、宋詞、錢鍾書、徐復觀、楊牧…，有如虛竹入洞，功力忽然變老。

4

「伐木」一輯，話題終於回到永恆的戀人瑪麗安，看來只是《薔薇》的餘波。但多加玩味，或可為「懷古傷今浪蕩子夢中殉國」（多麼像才子佳人的回目）提出另一套闡釋。嗯，是這樣的：什麼宗廟傾頹，行吟澤畔，憂國無端，哀君叫父全是大辭夸人；在現實版本裡，不過就是某個瑪麗安（年輕的雌獅子）要離他而去…。然則遺少也者，即春夢遺恨之餘，自憐兼討拍之少年。為了激發母性的愛憐，要把自己弄慘，把場面搞大。

發神經擺出永遠年輕狂野的樣子。楊澤奇特地兼備了兩者，這大概就是「蕩子扮遺少」的效果吧。

當然，浪蕩子扮「少」有餘，扮「遺」則要更費力些。於是他端出詩聖法相，逡巡於一千多年前的江山與心事，〈旅夜書懷〉一番。乃宣告：「月湧大江，我願是——你高古文體的繼起」。楊牧由葉珊出來，完成一次風格轉換，三十四歲寫下〈秋祭杜甫〉（1974）。楊澤寫這首詩，則在二十四歲。你看，方在春夏之交，居然趨向於秋天之心情與境界。從「薔薇」到「城邦」，兩年之間，轉換不免急促。好像一個小孩，吞食過量的「轉大人」，剎時拔高數吋，但也傷身損神。

我所謂秋聲，是指一種故作（被迫）老成的格調，傾向於時移事往、今不如昔的感慨，彷彿他是看透世情冷暖的中年人。在語言型態上，添加了許多結實古雅的成份，並用一種鋪陳、繚繞、散文化的句式貫通全篇。〈打虎〉、〈快雨時晴帖〉、〈對月〉、〈讀徐復觀〉、〈植物園觀蓮〉等詩，莫不如此。即便是小對句用得極頻仍的〈短歌〉，也模擬了一種中年的聲音，所以顯得遲重。

這樣的高古之氣不同於詩人原本專擅的迴旋反覆、

3

抒情詩人是地表上最弱的生物之一。但他們擁有克服自身孱弱的種種方法，例如：逡巡真幻、挪用文類、創造情境、扮演角色…。楊澤的詩，具有敏感尖銳的「個體」，又能夠融入一種「共體」，既抒情，且扮演。在「拔劍」輯，他便穿著「樂府詩人」的聲息與感慨，擴大「我的耿耿不滅」；同時也投入一些神祕的古典時刻，醉後打虎，迷途遇蛇，置身於「夫子」的門庭，見證哲人的智慧、憂患與崩頹。——或許緣於親炙楊牧的便利，吸收他融合中西傳統的經驗，楊澤迅捷地練成「演很大」的工夫。

除此之外，我要特別一提的，是過早降臨（而疑似裝出來）的「秋聲」，那同樣緣自「君父城邦」的虛擬血脈。貴胄子弟沒落以後，易生的早熟、沉鬱與輕蔑。〈夏蟲〉一詩快速地推演了四季，在極有限的篇幅裡，壓縮原典，緊繃事件，還原了「道」的血氣成份。「文化型」的詩人，常挺胸抬臀自以為來自古老的黃金時代，有一種比同代人易老的感覺。「血氣系」的詩人，則愛

辮子），掉落在蟹行的書頁裡。

詩人想像自己，以瘦弱的身體「獨力對抗整座陌生的城市，整座顢頇的系統」。但以一種寫實詩學來看，這些詩根本是楊澤的「不在場證明」。明明涉世未深（因為無力），卻強要護衛著一種不可商量的價值，合言之曰「詩」，分言之曰：青春、愛情、榮耀、文化、國族⋯。一匹白色的小馬，奇怪地背負著三千年的憂患感，因而產生「優孟衣冠」的唐突、可笑與悲哀——用詩人自己的話說，這叫「小孩玩大車」。

《詩經》裡的〈柏舟〉，本是懷憂之辭。所謂：「耿耿不滅，如有隱憂。」「憂心悄悄，慍于群小。」兩千多年後，楊澤亦造〈柏舟〉，並把它放在卷首，彷彿視為序詩，總括整本詩集的志意。依照徐復觀的講法，憂患意識是文明醒覺的重要動能⋯。悠悠長河，孑然孤舟。穿透時空的阻隔，「我」接住「他」的憂患，在一種異代共感、同病相憐的想像裡，接著唱了下去。並且想像：舟雖小而河常在，這就是一種「神聖的連繫」吧。

的規訓與懲罰，以及拔離母土的命運。楊澤則缺乏這類體驗，只好自造一個「亡國神話」，好像矮子扛著七爺出巡，看起來好高。

詩裡的「他們」，大抵是指「世俗」及其內涵的種種機制（就是讀者諸君啦）。胖子傑克殘酷的從背後十字架一樣的架起我，雙肩的折裂聲清晰可聞…。「我是一個詩人」的抗辯是無力的，因為在加害者的眼裡，你只是「不會功夫的中國人」。這樣既自大又自卑的受難主體，使我想起瘂弦的〈剖〉——古調雖自愛，今人都不彈。有一種抒情詩人自以為是「現在」的俘虜，他們迷戀於自己的古代，充滿「復辟的思想」，因而必須獻出身體，接受時間暴力的拷打。

帶著這種地下黨人、亡國餘孽的意識，遺少周遊八方，無論「在○○」，都常落入一種與「此在」脫節的怪異狀態。「柏舟」一輯的舞臺背景雖是「中國－異國」，關鍵詞實為「詩」與「愛」。這是亡國者的「流放」之旅，又像是老童乩屈平離魂「求索」宓妃的行動。「遺少」置身於浪漫遼遠的巴塞隆那、格拉那達、巴拿馬，更加突顯自身的怪里怪氣。「我」就一枚中文鉛字（還綁著

青春不知哪來的神力和妄膽，搶了前人棒子，唱得這樣起勁。顏元叔稱楊澤的詩「支撐在若干龐大的向度上」，我想，就像拚命鼓氣的青蛙，有一頭虛擬的牛在內裡撐著吧。

歷史上的孔丘與屈平，已夠悲壯滑稽了。楊澤置身於這麼晚的年代，還在詩中，在幻境裡追摹他們的聲影，益發顯得雙重荒謬，並帶著青春鬧劇的氣息。好比在鄉下練鴨成軍的鴨母王，竹篙接菜刀，以天下（情感）為己任；路邊搶了戲班的皇冠，戴了就上，狠狠的哭笑亂幹了一場。待大夢醒來，惟聞「撈砂石的機器轟轟作響」，哪有什麼玉珮風響，古國幼麟。

2

「遺少」生於我朝，卻硬要為前前前朝舉哀。他隨時假裝看到「國破－山河在」的景象，熱愛操做「受難」的想像。〈在畢加島之二〉與商禽的〈醒〉有些親緣性，都建立在「他們－我」、「施暴－被害」的基礎結構上，描述一段拷問的歷程。商禽的暴力隱喻，指向軍旅體制

這，還真切中了抒情詩人的奧祕：年輕而蒼老，多感且無力，馳想宇宙又耽溺於一丁點⋯。我們的楊澤，在薔薇學派裡誕生，那裡雕欄玉砌，充滿愛情、哲學、憂鬱與文明，一種無可救藥的「青春年少」的氛圍與氣質（此後他將帶著走）。嘿，Narcissus 般的少年喊起破滅之痛，格外尖刺，恍然自居於可憐人類的代表。

詩人是生活的侏儒，情感的巨人，只差一步就能住進〈滑稽列傳〉（那裡偏多另類之詩）。「滑稽者」善於諧仿（行動與言辭），用誇張的表演突顯事物的癥結。其間自有一種脫節、嫁接、錯置的詩學，把卑下的安插在崇高裡，把神聖的種植於猥瑣中。此一「詩」法，使得亂代裡的聖賢哲人，衰世中的痛飲狂歌者，忽忽與小丑走在同一條道路上。我讀《彷彿在君父的城邦》，有時忍俊不住，從脾肺深處浮起一股笑意，或即緣於此吧。

楊澤喊「彷彿在⋯」，這就意味著「君父」已經掛點，「城邦」已經傾滅。因而此集根本是（用美聲鴻辭還帶動作）在「哭爸」（khàu-pē），調子那樣高亢，意態那樣狂亂。夢見周公的孔丘，行吟澤畔的屈平，也都有這種症狀。「在風中獨立思索風的人都已化成風」，人在

蕩子夢中殉國考

／唐捐

1

我相信世上有種「詩中之詩」，一出手就成了典型。楊澤做為「遺少」詩學的寶貝金孫，末代傳人，正是絕佳個案。你看，一個小助教高喊著：「噢，愛，自由，榮耀，我們的文明…」（喂，你又不是被放逐的文學院長，或什麼顧命大臣），想要自沉荷花池（水太淺又被撈起來晒在草坪），既悲壯又滑稽。在〈第一研究室冥想賦格〉這首怪詩裡，詩人看見「專攻文藝復興的助教跪倒在敵人呼喊暴力的槍托刺刀下凌遲受死」。啊，多麼痛快的殉國情境。

王國維有一怪說：赤子詩人（長於深宮婦人之手）有如釋迦基督，以七兩半的心去扛負好幾托辣褲的愛恨。

藍騎士筆記本

彷彿在君父的城邦

作　　者	楊　澤
總 編 輯	初安民
責任編輯	宋敏菁
美術編輯	黃子欽
內頁繪畫	董心如
校　　對	楊　澤 宋敏菁
發 行 人	張書銘
出　　版	INK印刻文學生活雜誌出版有限公司 新北市中和區建一路249號8樓 電話：02-22281626 傳真：02-22281598 e-mail：ink.book@msa.hinet.net
網　　址	舒讀網http：//www.sudu.cc
法律顧問	巨鼎博達法律事務所 施竣中律師
總 代 理	成陽出版股份有限公司 電話：03-3589000（代表號） 傳真：03-3556521
郵政劃撥	19000691 成陽出版股份有限公司
印　　刷	海王印刷事業股份有限公司
港澳總經銷	泛華發行代理有限公司
地　　址	香港新界將軍澳工業邨駿昌街7號2樓
電　　話	(852) 2798 2220
傳　　真	(852) 2796 5471
網　　址	www.gccd.com.hk
出版日期	2017年02月 初版 2017年03月 初版一刷
I S B N	978-986-387-146-0
定　　價	350 元

國家圖書館出版品預行編目資料

彷彿在君父的城邦／楊澤 著.
--初版. –新北市中和區：INK印刻文學，
2017. 02 面；14.8 × 21公分.
--（文學叢書；526）
ISBN 978-986-387-146-0　(平裝)
851.486　105025454